榎田尤利
Yuuri Eda 著

繪 Illustration: Yayoi Monzen
文

賢者與瑪德蓮

Muni and Madeleine

賢者とマドレーヌ

下

生活在阿迦奢的人們

阿迦奢是一塊有著神鳥迦樓羅的傳說、豐饒秀麗的土地。

這塊土地受到神聖的存在——如來的庇佑，而侍奉如來的聖職者們稱為娑門。據古文獻記載，最早抵達並開拓阿迦奢的是珂璉之民。此後珂璉人便住在山崗上，領導阿迦奢的人民。特別優秀的珂璉人則成為娑門，負責處理阿迦奢的政事。娑門當中還有一群擁有天賦的菁英，他們為人們使用自己的特殊能力，因而受到民眾的尊敬。

珂璉人居住的山崗底下，則住著順英之民。他們的身材比珂璉人矮小，壽命也很短，不過個性勤勞，孩子生得也多。順英人服從珂璉人，與他們一同信仰如來，並負責一切的勞動，堅韌地生活在阿迦奢這塊土地上。

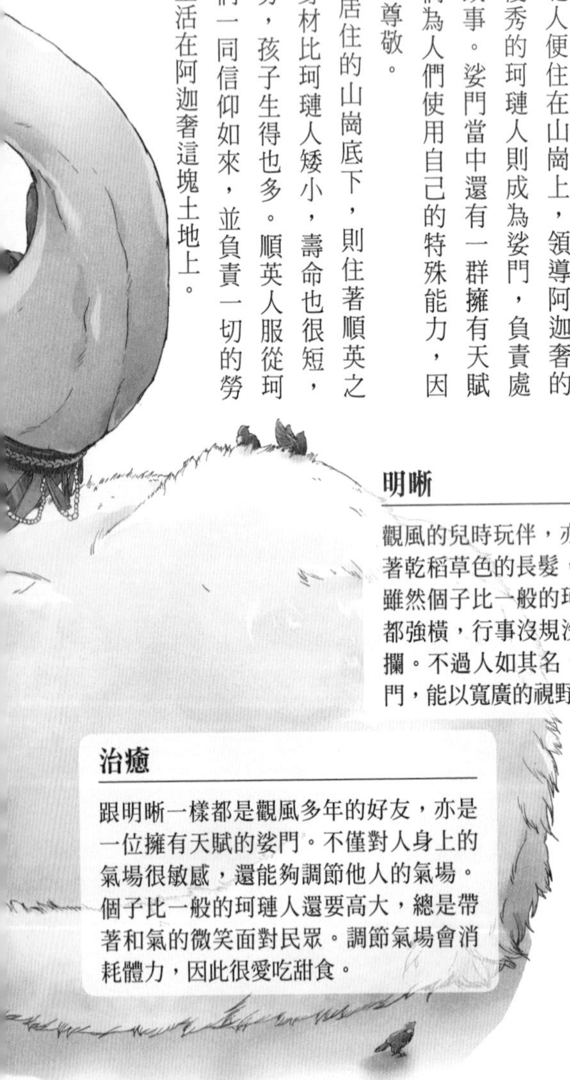

明晰

觀風的兒時玩伴，亦是最知心的好友。有著乾稻草色的長髮，以及水藍色的眼珠。雖然個子比一般的珂璉人矮，態度卻比誰都強橫，行事沒規沒矩，講起話來口無遮攔。不過人如其名，是一位頭腦明晰的娑門，能以寬廣的視野看待事物。

治癒

跟明晰一樣都是觀風多年的好友，亦是一位擁有天賦的娑門。不僅對人身上的氣場很敏感，還能夠調節他人的氣場。個子比一般的珂璉人還要高大，總是帶著和氣的微笑面對民眾。調節氣場會消耗體力，因此很愛吃甜食。

小陶

兩年前開始到觀風家工作的順英少年，負責照顧動物、泡茶等事務。雖然觀風老是記不住這位家僕的名字，他仍盡心盡力地服侍觀風。

非者（瑪德蓮）

因闖入順英人的民宅偷走麵包與軟膏而遭到逮捕。「非者」是指住在森林裡的少數部族，被阿迦奢的人民鄙夷為不祥之物。由於被捕時激烈反抗，故遭順英人毆打、關進獸籠裡，最後為觀風所救。有著宛如紅玉髓般、帶了金色與黃色的紅色眼珠，皮膚的顏色與質感也跟其他人不同。舉止非常粗暴，但很快就跟觀風家中的各種生物打成一片。

觀風

出身於珂璉數一數二的名門望族。身為「觀風娑門」，具備能敏銳察知氣壓、氣溫、溼度等大氣變化的天賦。擁有美麗的銀色長髮、銀色睫毛、灰藍色眼珠與稀世的美貌，由於沉默寡言又總是面無表情，故有「美麗石像」之異名。對人不怎麼感興趣，平時與許多珍禽異獸一起生活。從小就認識的朋友，有自由豁達的「明晰」，以及個性認真又溫柔的「治癒」。

賢者與瑪德蓮 下

CONTENTS

賢者與瑪德蓮

㊦

第五章
森林的夜晚

「水和葡萄酒、藥草茶葉、長條吐司和起士、培根和煎培根用的小平底鍋、蘋果和杏桃乾、毯子和坐墊、地墊、遮雨布，嗯──還有蠟燭、油燈和燈油……再來還需要……」

小陶扳著手指清點，觀風見狀補充道：「還要帶上飼草。」

「啊！是，已經搬上去了！因為有兩匹馬，我用大袋子裝。對了，餐具還沒準備！請問要怎麼辦呢？」

「就按人數準備木製的餐具。」

「打破就傷腦筋了對吧！那麼我立刻去拿過來。」

在尚且微弱的光線中，小陶點了點頭，邊嚷著「木碗、木碗」邊往屋內跑去。

這裡是黎明時分的大宅前庭。

觀風身穿為旅行縫製的厚外套，仰望著天空。雖然今天清晨起了霧而一片白濛濛，不過上空十分澄澈。看來應該不會下雨。

往返預計要花三天左右，所以不算長途旅行。但畢竟要進入森林深處接近禁地的邊緣，行前準備最好還是用心一點。

「觀風。」

馬車的另一邊傳來呼叫聲。踩著堅固長靴發出腳步聲、慢條斯理地繞到這邊的人是明晰。這位朋友也要跟觀風一起旅行。由於不可能會有順英馬車夫願意進入森林，而觀風又不想強人所難，起初他打算自行駕駛馬車，後來因為明晰願意陪他去，這樣就可以輪流操作轠繩了。

「真的不需要帶劍嗎？」

「不需要。」

「萬一森林出現怪獸該怎麼辦？」

「那就用最快的速度逃走。反正用劍也打不贏。」

「要是非者他們攻擊我們呢？」

「此行是送瑪德蓮……送非者回去，他們應該不會攻擊我們吧。」

「我之前跟你說過吧？森林裡的那些居民說不定也有派系之分。就算有瑪德蓮在，他們可能也無所謂。」

「這種時候身上若有武器，勢必會被他們視為敵人。赤手空拳就不必擔心會遭到誤會。」

唉……明晰嘆了口氣。

「真搞不懂你到底是勇敢還是魯莽啊……知道了啦，劍就不帶去了。那麼，瑪德蓮人呢？還在梳妝打扮嗎？」

「他正在中庭跟大家道別。」

「大家」是指生活在觀風家中庭裡的那些生物。有小小、鴿子、其他的小鳥、七彩大蜥蜴以及長壽龜……瑪德蓮似乎已跟牠們都變成朋友了。

「道別啊。他來到這裡的時間明明不長，不知為何卻很融入中庭這個環境呢。」

「從牢裡回來後，晚上他也睡在中庭裡。」

三天前，瑪德蓮突然不見人影，害觀風慌成一團。觀風在屋內遍尋不著，心想他該不會跑去中庭了吧，於是到那裡一看……發現他半個人埋在小小的蓬鬆白毛裡睡覺，發出平順的呼吸聲。

——你不冷嗎？

雖然時序已邁入初夏，到了夜晚氣溫仍然會變低。觀風靜靜地靠近，輕聲細語地詢問，那雙漂亮的眼睛便睜開一半，喃喃地喚道。

——觀……？

觀風跪在原地，摸了摸瑪德蓮的臉頰。跟面具打鬥時受的傷很輕，也已經消腫了。瑪德蓮閉上眼睛，用鼻頭蹭著觀風的手，嗅了嗅他的味道。最後又輕喚一聲「觀」，便再度墜入夢鄉。看來觀風指尖上沾到的那股、平常使用的香氛油味道讓他很安心。這種時候的瑪德蓮，看起來就像獸類的幼崽那般稚嫩。

觀風脫下自己披著的袍子蓋在瑪德蓮身上，讓他繼續睡在中庭。

看樣子比起房間裡的床，這裡更能讓他放心。說不定是被關在漆黑牢房裡所造成的影響。觀風想起之前他被關在籠子裡時，情緒同樣相當不穩定。

這是當然的。

無論關在籠子裡還是牢房裡，都會對人的精神造成極大痛苦。

「話說回來，你的交涉能力真教人佩服啊。做出那樣的暴力行為，竟然不必遭受責罰。你到底使了什麼手段啊……我還是頭一次有點同情秩序呢。畢竟好幾名面具被你揍飛，他卻只能忍氣吞聲。」

「關於行使暴力一事我有在反省，也已經向秩序道歉了。」

反省是反省了，但自己並不後悔。雖然觀風沒明講，不過敏銳的明晰應該看出來了吧。

觀風擅闖秩序的私宅、搶回瑪德蓮一事，後來當然鬧上了評議會。

當時長老娑門全擺出相當不悅的表情，責備觀風娑門不該做出這等行徑，並要求他深刻反省，然而關於懲罰卻是隻字未提。

「歸根究柢，你壓根兒就忘了自己臂力的事吧？」

明晰以尖銳的語氣這麼問，觀風老實回答他「……是快要忘記了」。

「我已經習慣壓抑力氣，平常都處於控制的狀態。然而當時，那種控制好像突然失效了……」

「這次的事讓你的能力徹底曝光了啊。本來只有我和治癒知道這項天賦的說。」

其實，觀風擁有的天賦不只一種。掌握天候的能力來自於「感知氣溫、溼度、氣壓等變化的感官很敏銳」。

除此之外，他還有一種天賦是「臂力強得異於常人」。觀風的肌肉量並不多，因此從外表看不出來。根據治癒的說明，似乎是因為形成肌肉的組織天生就很強韌。這同樣是會遺傳的天賦，雖然父親並無這種能力，不過聽說曾祖父的臂力也很強。而他們從未向周遭公開這件事。

「祖父說過……我們這一族的『強大臂力』，跟『情感克制』是成對的能力。」

「力量強大又脾氣暴躁的人最可怕，是嗎？原來如此呢……不管怎樣，既然已經曝光那就沒辦法了。不如趁這個機會，順便解開大家對『美麗石像』這個綽號的誤解吧？」

「誤解？」

「如今這個綽號的意思，不是變成了『如石像般美麗的姿門』嗎？」

「……難道不對嗎？」

見觀風一臉認真地問，明晰便說：「唔哇，你不記得了嗎？」他驚訝地瞪大了眼睛。

「很久以前，你不是把家裡的石像……喏，就是那尊按照你父親製作的等身石像，搬到自己的房間裡嗎？」

觀風疑惑地側著頭。以前有過這種事嗎？

「因為是在你父親去世後發生的事，當時你大概才十歲吧。大人們發現後又把它移回原處，他們都想不透那尊石像到底是怎麼搬過去的。沒想到隔天，那尊石像又出現在你的房間裡。不過呢，我湊巧目擊到那一幕。那尊石像要三名順英大力士合力才搬得動，然而當時還是小孩子的你卻面不改色地拿起來，輕鬆地將它搬走。」

「……我不記得了。」

「我的頭腦跟你不同，記得可清楚了。那個綽號啊，其實是我取的。原本是『能輕鬆搬走美麗石像的怪胎』，簡稱『美麗石像』。」

「…………」

「我很快就叫膩了，不再使用那個綽號，但應該是有人聽到了吧，後來就自然而然傳出去了。」

「……真給人添麻煩……」

「之後，你就學會完美地控制力氣，也不再做出讓周遭人吃驚的事了。這麼說來，你已經有一百多年沒用過原本的臂力呀。小陶賣力搬著重物時，你也都視若無睹呢。真是個過分的傢伙。」

「就跟你說，我平常都忘了這件事。因為我從小就被嚴格訓練，日常生活中必須壓抑自己的力氣。我的臂力會傷害他人，今後要避免再發生那種事才行……不過，當時為什麼會控制不住呢？要是不弄清楚原因……」

咦？摸著馬兒的明晰聞言看向觀風，那眼神就像是看到了什麼怪東西。

「觀風……你不知道嗎？」

「知道什麼？」

「就是自己為什麼會控制不住啊。」

「……我記得當時，自己的情緒非常不穩定，不僅頭腦與腹部莫名發熱，而且還全身緊張……但我想不到適合形容這種狀態的詞彙……」

明晰聽了之後張開嘴巴，但卻一句話也沒說，就這麼仰頭望天。看上去就像是傻眼到說不出話來，不過他的動作實在很浮誇。

「你這是憤怒啊。」

明晰重新面向觀風，語氣很衝地這麼說。

「憤怒？」

「對，就是憤怒。」

觀風先收下這個答案，接著思索起來。憤怒……經他這麼一說，觀風也覺得當時的情緒適合用這個詞彙來解釋。但是——

「……我為什麼會憤怒？」

他不明白原因，於是提出這樣的問題。明晰一聽便很沒禮貌地用食指指著他怒吼：「這種事你自己去想啦！」

觀風不懂，為什麼明晰會表現出這種態度。正好這時瑪德蓮走了過來，小陶抱著裝有木製器皿的籃子跟他一起出現。

「哦——你來啦。」

明晰一見到瑪德蓮，便輪流指著自己與馬車說：「我也會一起去喔。」大概是明白他的意思吧，瑪德蓮點了個頭。他對明晰表現出友好的態度，看來是認為明晰不會危害自己。

瑪德蓮換上順英之民愛穿的、方便活動的服裝，並在外面套著一件用堅固的布料縫製而成的連帽斗篷。身上到處都黏著柔細的白毛，那是小小的毛吧。斗篷是不起眼的深綠色，腳上穿著皮革長靴。頭髮編得很整齊，但沒看到裝飾用的珠子。

觀風緩慢地走近瑪德蓮。

「裝飾珠怎麼不見了？」

「他自己把所有的珠子都取下來了。」

回答的人是小陶。他一面將繩索牢牢綁在馬車貨斗上，一面接著說：「我想他大概是要把珠子還給觀風大人。」

「不用還我。」

「我也告訴過他，那些都是送他的……正確來說，我是用比手畫腳的方式告訴他，可是他一直搖頭……珠子全放回原本的盒子裡了。」

觀風皺起眉頭。

當中確實含有高價的珠子，但觀風對裝飾品不感興趣，最重要的是那些飾品，妝點在瑪德蓮的頭髮上會更加美麗。當然，就算瑪德蓮一身樸素的打扮，雙眸如寶石的他一樣很美……但不知怎的，觀風就是覺得他的頭髮少了點什麼。
就算只有這個部分也好，如果能綴上珠子……就在他觸碰其中一束頭髮時。
「……！」
瑪德蓮突然與觀風拉開距離。
他一副屏住呼吸的表情，往後退了一步。見他明顯地閃避自己，觀風很是訝異。胸口頓時感到刺痛，彷彿被什麼東西扎到似的。
瑪德蓮簡直就像是生氣了一般繃緊肩膀，正眼也不看觀風一下。那是明明白白的拒絕。
「瑪德蓮，你怎麼啦？」
小陶也很擔心吧，他走了過去，探頭察看瑪德蓮的臉龐。
「是不是有什麼事讓你不開心呀……對不起喔，直到最後我還是沒辦法聽懂你說的話。謝謝你在打雷的時候陪著我。面具大人他們闖進來時，你也挺身保護了我。雖然我真的很想再跟你多相處一些時間、很想一直陪著你……」
小陶以笑容掩飾悲傷，接著說：「今天必須跟你告別了……」
這時，瑪德蓮突然緊緊地擁抱小陶。小陶是順英人，而且還是個少年，所以個子比瑪德蓮矮小。突然被人抱住，小陶不由得驚訝地「哇！」了一聲，不過他隨即回抱著瑪德蓮。

看著離情依依的兩人，觀風覺得心裡悶悶的。

態度怎麼差這麼多？他有點不服氣，此外……還感到羨慕吧。

可是，自己在羨慕什麼？

是羨慕那兩個年輕人能夠毫無窒礙地溝通？又或者，那就像是自己飼養的動物親近其他人時的感覺？但是，瑪德蓮不是動物，觀風更沒有飼養他。

觀風只是收容、保護他罷了。

只是不想讓他就那樣死去。

「保重了。」

小陶環抱著瑪德蓮的背，帶著哭腔誠摯地道別。

離別的時刻到了。

將瑪德蓮送到森林西部、逼近禁地邊界的地方後，觀風和明晰就直接折返。瑪德蓮將回到自己的世界，觀風也會回歸寧靜的日常生活……彼此再也不會見面了吧。

等小陶重新檢查完行李後，馬車便啟程了。

觀風與明晰並坐在駕駛座上，至於瑪德蓮則待在車廂內。

「那孩子要不要緊啊？他不是很怕狹窄的地方嗎？」

「離開城市之前只能請他忍耐了。」

「不如你去陪他吧？」

觀風本來有此打算，但從瑪德蓮剛才的態度來看，自己還是別待在他旁邊比較好。觀風暗自思索，自己是不是做了什麼讓他不高興的事，但卻一點頭緒也沒有。

「一個人比較自在吧。我已經把烘焙點心跟果醬馬芬拿給他了。」

「這樣啊。」明晰點了個頭。

天空的亮度逐漸增加，平穩地從拂曉轉變成早晨。霧也散了，吹來的風十分舒適。有位在附近的娑門宅邸裡工作的順英之民抱著簍子走在路上，簍子裡裝滿一大早採收的蔬菜。一發現觀風與明晰，他便趕緊摘下草帽打招呼。

「銀髮的觀風大人、明晰大人，早安。因為兩位坐在駕駛座上，我差點就沒認出來呢。」

一般而言，身分高的娑門是不太可能坐在駕駛座上的，但觀風與明晰都不在意這種事。天氣這麼好，坐在外面反而舒服。

「早啊，吉洛耶。番茄的顏色真漂亮呢。」

「是，今年收成不錯。番茄已經洗過了，不嫌棄的話請嘗嘗味道。」

名叫吉洛耶的男子遞出鮮紅的番茄。圓滾滾的水珠沾在光滑亮麗的表面上，猶如寶石一般閃閃發光。明晰拿了兩顆後，男子便低頭行禮，再度邁開步伐。

「他是【記憶娑門】的廚子喔。廚藝很好，只可惜記憶總是邊看書邊吃飯。前陣子做的燉煮料理也非常美味呢。」

「你的人脈真廣啊。」

「因為我三天兩頭就去巡記憶的書架嘛……好啦，言歸正傳。」

明晰啃著番茄，瞥了觀風一眼。

「你是怎麼讓秩序閉嘴的？」

「出席評議會時你也聽到了吧？長老們去請示如來，結果沒得到任何指示。長老們認為這代表了如來的寬恕，所以才不懲罰我。」

觀風流利地這麼回答，明晰聽完後發出一聲很不真誠的「哦——」。

「而且，非者也全權交給你處置？」

「沒錯。」

「你夠了喔，」明晰的語氣很不高興，「你連我都想隱瞞嗎？在秩序家惹起事端的隔天，你去石塔做什麼？」

「……去向如來像……」

「要是敢說你去向如來像禮拜我就揍你喔。你並沒有爬上螺旋樓梯，而是往下走。」

觀風瞥了一眼坐在旁邊的好友，吐出一口氣決定認輸。他可不想挨揍，所以這次實話實說。

「我去找不是石像的如來。」

「直接談判啊。」

講話的同時，明晰一下子就吃完了番茄，然後「呸！」的一聲吐掉蒂頭。到底要怎麼做，才會變成這麼沒規矩的娑門呢？觀風實在是百思不解。

「曾為人者的來訪，將對我阿迦奢帶來不良影響。我為此而憂嘆——這是如來給秩序的啟示。所以我去請求如來，告訴祂因為有緣而收容了非者的我，才是該負責將非者送回森林、不讓他留下不良影響的人。」

「也就是說，你搶走了原本給秩序的啟示嗎？」

「不是搶，是接手。」

「喂喂喂……就算你出身名門望族，這也太亂來了吧。擁有天職的娑門沒有上下之分，可以互相幫忙但不能干預彼此的職務。這項原則若是遭到破壞，組織就會喪失作用。若要讓如來同意這種事，除非……」

話音戛然而止。

明晰看著觀風，水藍色的眼裡浮現震驚之色。他所戴的好幾個耳飾，隨著馬車一同晃動。

「你該不會……」

他的聲音十分僵硬。

語氣透露著憤怒與失望，還有心灰意冷。

「我向如來宣誓，願意成為賢者。」

觀風本來打算隱瞞到這趟旅行結束。然而，他的朋友實在太聰明，而且消息又很靈通。

原以為會面臨排山倒海的埋怨，但明晰只是深深低著頭，連握著韁繩的手都無力地放下，好一會兒都說不出話來。這男人平時那麼聒噪，此刻卻陷入相當漫長的沉默，這種無聲的責備要比破口大罵更令觀風難受千倍。

明晰已說過無數次，要觀風辭退賢者一職。

賢者是娑門當中，最德高望重的人；是獲得如來傳授的智慧，並理解這智慧的人。

「我已經拖了約二十年，是時候該下定決心了吧。」

明晰並未答腔，但觀風仍語氣平淡地繼續說下去。

「我也不是沒考慮過辭退。因為你一直很囉嗦地勸我，治癒也很擔心我。可是，賢者的位置不能繼續空懸下去。」

「那種事總會有辦法解決。」

明晰這麼說，但觀風回答「這也是我祖父和父親的期望」後，好友再度陷入沉默。

「尤其……父親在位時間實在太短，最後更發生憾事。所以我才要……」

「所以我才要阻止你啊！」

明晰以飛快的語速，激憤地插嘴道。

「我不知道如來的智慧是怎樣的東西！也不怎麼想知道！但是，我見過獲得智慧的賢者會有什麼下場。不只你父親如此，只要回溯調查，就會發現種種相似的過去……！」

不具體明言何謂「相似的過去」，是這位朋友的體貼。其實，觀風也曉得他提到的過去。

成為賢者的人當中，有一部分的人最終選擇自我了斷。

據說可能是因為他們承受不住獲得的智慧之重，但真相為何誰也不曉得。因為那些賢者沒留下隻字片語就死去了——就像觀風的父親那樣。

「……我一定沒問題的。一定能像曾祖父那樣，長久地履行賢者的職責。」

「但絕大多數的時間都在睡覺，對吧？」

「如果有需要，我隨時都會醒來。」

當中也有賢者不會尋短。

這樣的人，住在石塔內的期間幾乎都是在睡眠中度過，只有當如來需要他時才會醒來，向民眾轉達如來的旨意。

不過，發生這種情況的頻率並不高，從紀錄來看大約幾年才會發生一次。至於保持清醒狀態履行職責直到最後一刻的賢者……至少觀風從未耳聞過這樣的例子。

「……你說如果有需要，是吧？」

「對。」

「我每天都需要你，需要可以暢所欲言的對象。」

「抱歉。」

「居然道歉啊。」明晰低聲嘟囔。

觀風知道自己對朋友說了殘酷的話。但是，觀風仍舊覺得，踏上成為賢者的道路是自己的命運。

「我……想要派上用場。希望我成為賢者後，能夠幫上某個人……幫上順英之民的忙……例如小陶、小雪、剛才送我這個的吉洛耶。」

觀風望向手裡的番茄。這顆番茄看起來很好吃，待會兒送給瑪德蓮吧。

「或是平常送熱騰騰的餐點過來的彌生、麵包店的可可……你看，我已經能記住這麼多人名了。如果能幫上他們，或他們的孩子們、孫子們的忙，我會很開心。雖然觀風一職將暫時虛懸，不過叔父的孫子很有才能，再過十五、十六年就能獨當一面吧。麻煩你也要給予他支持與扶助。」

「我才不要咧。」

「小小牠們也拜託你照顧了。因為我還是找不到願意收養的人，麻煩你跟小陶一起照顧牠們。當然，我會準備謝禮的。」

「我不是說我不要嗎！」

「等小陶成年，就讓他正式成為那幢大宅的管理人……」

「好好聽別人說話！」

明晰終於抬起頭，他稍稍加快馬兒的速度。馬車顛簸得更厲害了。

「居然拜託我一堆事情！當我忙著做事的時候，你卻在石塔內睡大頭覺！一個人沒完沒了地活下去，等到某天你醒來時，我說不定已經死了耶！不只是我，治癒也一樣！即使如此，就算會面臨這種結果，你還是無論如何都要成為賢者的話……」

明晰激動到聲音變得尖銳，他罵了一聲「該死！」後，把頭撇向另一邊。

「……不管我說什麼都已經沒用了嗎……我必須祝福選擇那條路的好友才行嗎……真是討厭死了。這種犧牲一個人來拯救大多數人的機制……我最討厭了啊……」

「你別想成是犧牲，把這當成一種榮譽就好。」

明晰有些不屑地哼了一聲，把頭轉回來面向觀風。

「這種想法就好比，以為是濃湯喝下去卻是泥水，自己還得說好喝吧。」

「你的比喻有時真的很難懂耶。」

「我的意思是，人要活得自由並不容易。」

「這樣講我就稍微明白了。」

地面鋪設的石材變得不一樣了，馬車的顛簸程度也隨之改變。他們進入城裡了。

觀風和明晰都戴上兜帽，盡可能走不顯眼的道路穿越城市。石板路不知不覺變成了泥土地，所經之處塵土飛揚。

馬車接著又通過幾座看得到農田的村莊。

不久，他們便進入幾乎不會遇到人的區域，在那裡稍作休息。瑪德蓮似乎在車廂裡待膩了，一來到廣闊的天空下便伸了個大懶腰。接下來的路程瑪德蓮偶爾也會坐到駕駛座上，只不過他雖然不介意明晰坐在旁邊，卻不願意坐在觀風的旁邊。觀風一來到駕駛座，他就動作輕巧地爬到馬車的車頂上。這讓觀風感覺到，瑪德蓮果真在躲著自己。

進入森林後最前面的一段路，是順英之民為取得木材而開闢出來的區域。

到這一帶為止都還有地圖可供參考，地勢也平緩好走。再往前走便進入丘陵地帶，有些地方的坡度相當陡。

「看得到半分山了呢。」

明晰望著遠方說，觀風也仰望那座險峻的山。

山的下半部覆蓋著林木，上半部則是岩石裸露的懸崖峭壁。半分山是這一帶特別高聳的山，從城市望去也能看得很清楚。甚至還有傳聞說，神鳥迦樓羅曾翱翔於半分山的周圍，總之那是一座給人神祕印象的山。

「在古老的神話中，迦樓羅的巢就位在半分山上，所以那裡被視為聖地。可惜現在連要靠近都沒辦法就是了。」

因為山的前方是禁止進入的森林，他們當然無法靠近。

「那座山的對面是什麼樣子呢？」

「這個問題我也好奇了一百多年，不過目前還沒找到相關的地圖與文獻。此外也不曉得有沒有人去過那裡……雖然你稱讚我博識，但我擁有的知識其實並不多。我知道的僅限於阿迦奢這個小世界的事。」

「阿迦奢很大。」

「身為觀風的你在說什麼傻話。這個才稱得上大。」

明晰豎起食指往上指。

他指的是天空。觀風沉默以對，加快馬車的速度。朋友也不再閒聊，因此能夠清楚聽到風吹動草木所發出的聲響。

馬車喀噔喀噔地行進在緩坡上，接著下坡，最後終於來到湖畔。就跟計畫的一樣，他們在日落之前抵達這裡。

這一帶基本上不會出現大型野獸，算是森林裡比較安全的地方。

「今晚就在這裡休息。接下來的路沒辦法坐馬車過去，所以要騎馬喔。你沒辦法一個人騎，到時候就跟我們其中一人共騎。」

明晰這麼向瑪德蓮說明。

瑪德蓮當然沒有答腔，不過看樣子他至少明白今天要在這裡過夜。瑪德蓮環顧四周，在附近走來走去。過了一會兒他突然停下腳步，在原地輕輕踏了踏並喊了一聲「明晰」。「啊，叫我嗎？看來你記住我的名字了呢。」明晰的語氣很開心。

「怎麼啦，有什麼事嗎？哦……你是叫我們在這個地方落腳嗎？你說得對，土是乾的，地面也幾乎是平的，就算突然下雨也有樹梢能充當屋頂……真不愧是森林之民。」

明晰語帶佩服地說，並將地墊鋪在那個地方。

接著，瑪德蓮開始撿枯樹枝。他是要拿來當柴燒吧。觀風見狀也幫忙撿大小適中的乾燥樹枝。

他決定不要走到太靠近瑪德蓮的地方，以免又遭到對方閃躲。之後，瑪德蓮剔除掉幾根觀風撿來的枯樹枝，看來那些樹枝不適合當作木柴。就像明晰說的，瑪德蓮在這裡變得很可靠。

正當眾人忙著做野營的準備之際，瑪德蓮突然停下動作。

此時觀風就站在大樹下，瑪德蓮則站在距離他約二弓半（五公尺）的位置。

「怎麼……」

觀風正要開口詢問，瑪德蓮立即豎起手指抵在嘴脣上，示意他不要出聲。

接著，他專注地觀察樹上，但觀風什麼也看不見。

瑪德蓮慢慢地彎下身子，撿起一塊石頭。那塊石頭比拳頭小了一點，是適合投擲的大小。然後，他瞄準樹上的某個東西，大幅度彎曲手腕扔出石頭。

石頭擊中了某個東西。

如果是打中樹幹應該會發出清晰的脆響，但那聲音聽起來卻是模糊的悶響。

緊接著，有個形似繩子的東西重重地掉了下來——

「觀風，怎麼……咿！」

明晰一走過來就忍不住尖叫也是情有可原的。觀風則是雙眼圓睜，驚嚇到叫不出聲。掉下來的那個東西，竟然是一條跟人的手臂差不多粗的蛇。樹上分明有一條這麼大的蛇，為什麼自己會看不見呢？觀風感到不可思議。

瑪德蓮一把掐住蛇的頸部，將滑溜溜的蛇提起來。那條蛇當然還活著，牠試圖纏住瑪德蓮，不過瑪德蓮很靈活地閃開，同時略側著頭對觀風他們開口道。

「嗑？」

他似乎在問什麼問題。見觀風他們僵在原地回答不出來，這回他輪流指著蛇與自己的嘴巴。

「……他是不是在問『要吃嗎』……？」

明晰膽顫心驚地說。恐怕就是這個意思吧。蛇的身上也有肉，照理說也不是不能吃。但是，珂璉人和順英人都不會把蛇當成食物端上餐桌。

「……不了。我們有麵包和起士，沒關係。」

不知道瑪德蓮是否明白觀風的意思，他依然抓著那條蛇。觀風不安起來，於是補充道：「小陶說他還準備了莓果塔。」大概是聽懂了「塔」這個詞吧，瑪德蓮轉身面向草叢，輕輕地將蛇扔了出去。見到這一幕後，觀風和明晰同時放鬆下來。

之後他們便生火、餵馬吃草喝水、給地墊鋪上毛毯並擺上靠墊增加舒適度，再點上用驅蟲藥草製成的香。

當野營用燒水壺發出煮沸聲時，天已完全黑了。

「夜晚的森林意外熱鬧呢。」

明晰躺著這麼說。

觀風則呈放鬆的坐姿，至於瑪德蓮剛剛還在吃塔，現在則站在湖岸邊。雖然距離有點遠，不過湖上懸著皎潔的明月，因此瑪德蓮那道仰望月亮的身影也能看得很清楚。畢竟都來到這裡了，他總不會在這種時候逃走吧，不過要是他能靠自己回去，就算逃走也沒關係。還剩大約半天的路程，想一起度過最後這段時光的人應該只有觀風自己吧。

「這裡不僅有蟲鳴，風輕輕一吹也會發出樹葉摩擦聲……就連木柴的燃燒聲，聽起來好像也比房裡的暖爐還要清楚。」

「……是啊。」

「雖然大家都很害怕，不過我倒是很喜歡森林。只要沒有蛇出沒的話。」

「怪獸也會出沒。」

「我才不怕呢。比小小還大隻的野獸可不多見吧。」

「小小不會吃你。」

「這倒是。」

明晰「咯！」地笑了一聲，然後坐起上半身。

重新調整好靠墊的位置後，他接著問道：「對了，今天瑪德蓮是不是一直在躲你啊？」就是啊，今天早上突然變成這樣，我不曉得原因，你認為是為什麼呢……這幾句話全在腦海裡打轉，觀風猶豫著該選擇哪一句，但最後說出口的卻是：

「……是嗎？」

「你在裝什麼傻啊。」明晰聞言一臉呆愣地說。「雖然你不會撒謊，可是偶爾會裝傻呢。別以為這招對我管用。所以呢？你對瑪德蓮做了什麼嗎？好比說他不喜歡的事。」

「我一點頭緒也沒有。」

這次觀風老實回答。明晰聽了之後「嗯——」地沉吟，擺弄著靠墊的流蘇這麼說道。

「他對小陶和我的態度倒是沒變哪……可是，當你經過他的附近時，他就會像這樣皺著臉。啊，就像那個啦。就像水肥商人靠近時，順英之民會露出的表情。」

這過分的比喻令觀風無言以對，不知是不是看到他的反應後也覺得這麼說很不妥，明晰又補上一句：「水肥商人可是很了不起的職業喔，收入也不錯。」

「……這種事我知道。你的意思是我很臭嗎？」

「我可沒這麼說吧。我反而覺得，你最近變得很香耶。你換了香氛油吧？」

「沒換。」

觀風這般否定後，明晰略側著頭疑惑地嘀咕道。

「是嗎？感覺好像比之前多了一點甜香……好吧，或許是我多心了。總之，我們覺得很香的味道，瑪德蓮有可能反而無法接受吧。不管怎樣，直接問本人比較快，只不過這種事用比手畫腳來表達有點困難哪……奇怪？沒看到那小子的人影耶？上哪兒去了？」

明晰張望四周。

「剛剛還站在湖邊。我看他喝了很多茶，應該是去小便吧。」

「這樣啊。我也去解決一下。」

明晰起身，往湖的反方向走去。

只剩自己一人後，觀風閉上眼睛，將注意力集中在大氣的流動上。溼度比城市及山崗還高，綠意的味道很濃烈。本來想觀測風象，但這裡樹木很多，使得他無法順利觀測。

森林裡棲息著可怕的野獸。這是事實。

但同時，森林也有許多資源。

不僅有結實纍纍的樹木、可食用的菇類，還有不易在城裡取得的藥草。

最重要的是水源十分豐沛。

阿迦耆的城市使用井裡的地下水，不過偶爾會收到病因疑似是水的疾病報告。治癒曾擔憂地表示，病患大多都是小孩與老人，雖然教導他們別喝生水後狀況有所改善，但最近這幾十年罹病人數依舊持續增加。

至於這座森林的水系，應該是源自半分山等山岳的山麓吧。用湖水泡的藥草茶，感覺比平時還要好喝。

啪嘰！耳邊傳來踩踏小枯枝的聲響。

「……觀風。」

原來是明晰回來了。

但聲音聽起來有點不對勁。回頭一看，發現朋友表情僵硬、身體緊繃──雙手被綁在背後。他的正後方站著一個男人，一把大刀架在他的脖子上。

「不准動。」

男人這般命令正要站起來的觀風。

「我的同伴正拿弓箭對準你。坐在那裡不要動……交出奇蹟之藥。」

男人說起話來有些怪腔怪調。

身高跟明晰差不多，看樣子不是順英之民。當然，他也不是珂璉人。

「奇蹟之藥是指？」

觀風沒有反抗，坐著這麼問。「少裝蒜了。」男人如此回答，態度顯得很焦躁。

「你們是珂璉人吧。因為個子很高，穿的又是上等的衣服，我一看就知道了。既然這樣你們應該有那種藥才對。就是什麼病都能治好的奇蹟之藥！」

「……你想要的是『珂璉的奇蹟』吧。雖然這種藥的名稱確實叫做奇蹟，但並不是什麼病都能治好。」

「廢話少說快交出來！我要割斷這男人的喉嚨喔！」

就算叫他交出來，觀風身上也沒有「珂璉的奇蹟」。

但要是這麼告訴對方，明晰說不定真的會被殺掉。不消說，明晰被殺後觀風也會遭到射殺吧。他們有帶其他的藥，不如謊稱那是「珂璉的奇蹟」，交給對方吧？可是，就算這麼做，最後還是極有可能會被殺害。因為得到藥後，他們兩個就沒用處了。

「快交出來！」

這個男人的頭髮與鬍鬚皆未經修剪，衣衫襤褸，肩上背著弓與箭筒。他多半是森林之民……也就是非者，但他不太可能是瑪德蓮的同胞。

因為這個男人的服裝，與瑪德蓮剛到觀風家時所穿的全然不同，而且男人還聽得懂觀風說的話。此外，他對珂璉人與順英人似乎也有一定程度的瞭解。

觀風移動目光，觀察四周。瑪德蓮還沒回來。

「我……我們沒有藥！」

明晰斬釘截鐵地說。

「少囉嗦！」男人怒罵一聲，手上的刀子更加逼近明晰的脖子。脖子的皮膚被割出一道小傷口，流出血來。

「你割啊，殺了我。別看我外表年輕，我已經活了很久了，也差不多可以結束人生了。反正好友打算把自己關起來與世隔絕，以後就沒樂趣了！不過就算殺了我，依舊沒有藥可以給你。『珂璉的奇蹟』是貴重的藥物，就連我們都無法隨意使用。可別以為那跟肚子痛吃的藥丸一樣只是普通的常備藥。」

在這種危急時刻，這男人居然還是一樣聒噪。

傻眼歸傻眼，觀風並未否定明晰說的話，而是冷靜地附和道。

「……就是這樣。我們沒有藥。」

以明晰的個性，也許他是基於什麼考量才會告訴男人事實。

「少騙人了。你們是捨不得把藥交出來才說謊吧！」

「喂，這位森林之民，你仔細想一想啊，一般人都會覺得命比藥還寶貴吧？」

「既然你們是珂璉人，應該有藥才對！順英人他們是這麼說的！」

「那是因為有些順英人誤會了啊。」

「他們說珂璉人獨占了藥！」

「就某個意思來說的確沒錯啦，但我們現在就是沒有藥嘛！如果不相信，只要檢查全部的行李就知道了吧！……哇！」

明晰被男人推了出去。由於雙手遭到反綁，他幾乎是以臉部著地的姿勢摔倒。

「——既然這樣，我只好殺掉你們了。」

男人將刀收回掛在腰間的皮帶上，轉而拿起弓。

他搭上箭，拉緊弓弦，瞄準摔在地上的明晰。男人全身充滿殺氣，感覺得到他並不是在恐嚇兩人。

觀風把心一橫，站了起來。男人見狀略微挪動身體。四周完全沒有箭射過來。男人剛才說有同伴瞄準觀風，原來只是在嚇唬他。

「觀風，你快逃。」

明晰一副做好心理準備的樣子喊道。

讓觀風趁著朋友被殺之際獨自逃走，確實也是一個選項吧。雖說要甩掉這個熟悉森林的男人成功機率不高，但並非完全不可能。在這種情況下，或許至少該讓身為準賢者的觀風脫離險境才對。

可即便如此，觀風也不打算這麼做。

觀風朝著拉滿弓的男人，大步流星地走了過去。男人頓時顯得很慌張，轉而將箭頭瞄準觀風。明晰絕望地嘆氣。

「……或許有辦法治療。」

觀風開口道。

他以聽得清楚的音量，冷靜地這麼說。男人仍未放下弓箭。

「你的家人或重要的人正因病所苦吧？我身上沒有奇蹟之藥，不過有關人體的知識倒是知道一點。如果你願意讓我見那位病人，說不定我有辦法幫忙治療。」

「你、你別因為怕死就胡說八道！」

「我不敢保證自己一定救得了病人。要是幫不上忙，到時候殺了我便是。」

「珂璉人根本不能相信。你們這些對順英人的小孩與老人見死不救的珂璉人……」

「我很想說我們沒做那種事，但……沒辦法完全反駁，真教人難過啊……」

仍倒在土地上的明晰，有些自嘲地低聲說道。觀風也有同感。

「你們這些騙子。」

男人一副打從心底感到不甘的樣子罵道。

「每個人……都是騙子。無論是順英之民還是珂璉人……就連當成同伴的那些人也是騙子。明明說好無論發生什麼事都會互相扶持……結果居然叫我拋棄妹妹……？」

現場再度響起拉緊弓弦的聲音。

男人是認真的。

「如果沒有奇蹟之藥，我妹妹就會死。既然這樣，你們也去死吧。」

原來，就是這裡嗎？

這裡就是自己的死亡之地嗎？

觀風覺得這樣也不賴，靜靜地閉上了眼睛。在優美的森林裡，與好朋友一同死去。雖然很對不起明晰，不過道歉的話他一定會生氣吧。現在就剩瑪德蓮讓自己放心不下了……如果他有注意到這邊的動靜，應該早已獨自逃走了才對。畢竟都進入森林了，說不定他有辦法靠自己抵達目的地。他一定能見到同胞的。自己就這麼相信吧。

要是最後能再一次仔細欣賞那雙眼睛就好了。

那雙宛如紅玉髓的……

宛如拂曉時分那片火紅天空的——

風吹過森林，樹梢迎風歌唱。

感覺到自己的頭髮隨風飄揚。

觀風等待箭射向自己的那一刻。

「別殺他。」

風捎來了某個人的話音。

「那個人沒有說謊。別殺他。」

聲音已來到很近的位置。

不是明晰，也不是森林之民。雖然是第一次聽到的說話聲……他認得這個聲音，而且非常熟悉。

觀風睜開眼睛。

瑪德蓮就站在眼前，站在觀風與森林之民的中間。

「……你……是岩山的少頭領嗎？為什麼打扮成這副模樣？簡直就像城裡的人。我差點就放箭射你了！」

「因為發生了很多事啦。淺林的夏姆，你妹妹生病了嗎？」

「是啊，她得了疫病，被趕出了聚落。」

「現在住在狩獵小屋？」

名叫夏姆的森林之民放下弓箭，點頭應答。

看樣子，瑪德蓮與夏姆互相認識。而且瑪德蓮是「岩山的少頭領」，夏姆是「淺林的」居民，此外……

「搞什麼嘛！原來你會說話啊！」

如此大吼的人是明晰。他總是搶在觀風之前做出反應。

「明晰，你先安靜一下。夏姆，我跟深林的人起了衝突，因而受傷。後來逃到森林外圍，結果又被城裡的人抓住。真是倒楣透了。正當他們把我關進籠子裡、差點殺了我時，是這個男人救了我。就是這邊的大個子。」

大個子……雖然瑪德蓮說明得相當簡略，不過事情的確就是這樣。觀風沒有插嘴，而是先把還倒在地上的明晰扶起來。他的臉沾滿了泥土，觀風便用袖子幫他擦臉。

「這兩個人真的沒有奇蹟之藥，也真的對人體很瞭解。當時我因為傷口化膿而發高燒，是他治好我的。他們擁有的知識比森林的咒師還豐富，說不定也救得了你妹妹。」

「先聲明，只是『說不定』喔。」

明晰提醒道。

「你不要太期待。還有，我一個人去就好，你放他走吧。」

明晰還指著觀風，提出這樣的交換條件。但是，夏姆聽了卻說「不行」。

「假如只能帶一個人去，我要挑救了少頭領的那個人。」

本來就打算自己去的觀風隨即點頭回答「沒問題」。

「明晰，麻煩你在這裡等我。否則馬兒遭到野獸攻擊，我們就算想回去也回不去。」

「我怎麼可能讓賢者大人一個人去啊⁉」

「不必擔心，我會盡我所能幫助他的妹妹，然後活著回來……應該吧。」

觀風瞥了夏姆一眼。「放心吧，我保證不會殺你。」夏姆這般承諾道。

「既然你是少頭領的恩人，我就不會取你性命。只要你盡一切努力醫治我妹妹，就算她的病依然沒好，我還是會放你回去。」

明晰雖然一臉不服，最終還是回答：「知道了，我等你。」同意讓觀風一個人去。然後，他對著瑪德蓮說：

「喂，我的朋友就拜託你了。」

瑪德蓮一時間露出意外的表情，這是因為他沒料到明晰會拜託自己這種事吧。不過，他還是點頭回應明晰。

明晰總算得到鬆綁。

他一會兒揉揉肩膀、一會兒轉動肩膀，並對著觀風發牢騷。

「那個臭小子，他根本就會講我們的語言嘛，還講得挺流利的。大鬍子的土音反而還比他重。」

瑪德蓮站在稍遠處，不知在跟夏姆說些什麼。觀風試著側耳細聽，但沒能聽到對話內容。

「居然一直假裝自己不會講話……觀風，你是不是早就知道了？」

遭明晰這樣質問，觀風立刻回答：「怎麼可能。」

要是知道瑪德蓮懂他們的語言……自己就不會做出那樣的事了。之前在房間、在中庭、在噴水池邊，觀風究竟說了多少話呢？沒營養的牢騷、尚未整理的情緒等等，他總是絮絮叨叨地對著瑪德蓮說個沒完……說到連他都不曉得自己講了什麼、為什麼要講這種事。

此刻內心固然驚訝與氣憤，不過觀風更覺得羞恥。一想起當時的情形，他就恨不得找個洞鑽進去。可是，他又不想被明晰察覺，只好一直保持冷淡的態度。

觀風帶上需要的物品，並點了一根火把。

三人留下明晰，前往狩獵小屋。

聽夏姆說，狩獵小屋是「淺林的居民」到遠處狩獵時當作據點的地方。雖說距離不會太遠，前往那裡的路途卻相當險峻。畢竟這裡是觀風不熟悉的森林，況且現在還是晚上。不僅如此……

「……要爬、這個嗎？」

途中還有個即使在白天也會讓人躊躇不前的難關等著他。

浮現在月光中的那道斜坡……不，與其說是斜坡，那根本是斷崖。坡度相當陡。

「因為繞路太花時間了。這是我們常走的山崖，所以有設置攀繩。」

夏姆這麼回答後，指著插在崖壁上的木樁。一根根的木樁插在斜坡土裡，木樁之間再拉上繩子。而人就是抓著這條攀繩爬上去。

「少頭領身輕如燕，就先上去吧。珂璉人最後，因為你身材高大，要是摔下來會波及底下的人。」

真沒禮貌，我才不會摔下來……觀風在心裡反駁，然而一想到自己的臂力，他只能沉默以對。

要是不小心使出太大的力氣，自己說不定會把木樁拔起來。就這層意思來說，自己確實有可能摔下去。

觀風留意力道，小心翼翼地爬著山崖。

走在前面的夏姆，每隔一段時間便會回頭察看觀風是否平安。令觀風吃驚的是，走在最前頭的瑪德蓮身手相當矯健，爬上山崖時幾乎不需要抓繩子。

爬上頂端後他立刻站直，稍微扭了扭身體，然後俯視著觀風他們。

沐浴在月光下的身軀，美得讓人看得出神。

雖然身材細瘦，不過肌肉強韌又有彈性，身體中軸尤其穩定，他的平衡感應該很好吧。

畢竟是熟悉的斜坡，夏姆也很靈活地爬到頂端，最後他將手伸向觀風，觀風也借他的手往上爬。爬這種斜坡，果真是身材越高大越不利。

爬完山崖後，接下來是一條平坦的道路。

走著走著，月光變得越來越微弱。觀風仰望枝葉間的天空，發現雲量變多了。風向改變，夾帶的溼氣好像也變重了。

「就是這裡。」

三人來到的狩獵小屋外觀十分簡陋，頂多只能遮蔽雨露，實在不是適合安置病人的地方。

「因為患的是疫病，請少頭領在外面等。」

夏姆這麼說後，輕輕踢開變形而難開的門，只帶觀風一人走進裡面。

「古娜，是哥哥。我回來了。」

小屋裡面有些許異味，但不如想像中的臭。這是因為風會從縫隙灌進來，達到自然換氣的效果。不過，到了冬天就很難維持體溫吧。

屋內有個用木箱並排而成的簡陋床鋪，上面僅鋪著草蓆，一名少女就躺在那裡。她蓋著以獸毛織成的斗篷，屋內沒有可以稱為毛毯的東西。

「哥、哥……」

少女的聲音十分沙啞。

「燒都沒有退啊……」哥哥握著她的手，悲傷不已地說。觀風將提燈的火調大，然後走近床鋪。少女注意到燈光，移動模糊的視線。

「是、誰……？」

從那慘不忍睹的皮膚狀態來看，觀風判斷這的確是傳染病。

但是，觀風卻毫不遲疑地接近少女。珂璉人擁有很強的抵抗力，能夠抵禦阿迦奢發生的傳染病。此外也有不少疾病僅順英之民會罹患，珂璉人則不會，而這亦是他們長壽的原因之一。這名少女不是順英人，所以無法保證絕對沒問題，不過要是害怕遭到傳染，當初他就不會答應來這裡了。

「是、神明……嗎……」

少女這麼問，觀風觸碰她的額頭。她的體溫相當高，臉上長滿一顆顆隆起的疹子。

「她是何時開始起疹子的？」

觀風問，哥哥便回答他「四天前」。

「聚落的頭目說那是痘瘡。所以他叫我們在傳染給其他人之前，趕緊離開聚落。」

「痘瘡的傳染力確實很強，頭目做出這個決定也很心痛吧。不過……」

觀風先請夏姆準備清水，接著用帶來的肥皂將自己的手洗乾淨，再用乾淨的布擦乾，然後幫少女把脈。畢竟他不是治癒，只能替少女做基本的脈診，不過脈搏感覺不到明顯的紊亂。

然而她呼吸急促，身體也很燙。

觀風接著觀察她的手腳、耳內以及頭皮。水疱狀疹子布滿全身，頭皮的水疱大多已破掉變成瘡痂。

「古娜，聽得到我的聲音嗎？」

觀風這麼問，少女點頭回答：「聽得到……銀髮的神明……」雖然自己不是神明，不過現在先別管這種事了。

「身體會不會癢？」

「會……全身又熱、又癢、又痛……連嘴巴裡面都……」

「讓我看看妳的背。」

見古娜點頭，夏姆便幫妹妹翻身讓她趴著。

觀風掀起她的衣服，摸了摸背上的水疱，當中有幾顆已經化膿。側腹這邊應該是她自己抓破的吧，有幾處皮膚還滲著血，令人目不忍視。

觀風請夏姆再準備一些清水，然後滴入帶來的藥草液。接著將布浸泡在水裡，再稍稍擰乾，然後將溼布敷在古娜的背上。少女不由得吐出一口氣。看來痛與癢的感覺應該是減輕了。像這樣敷了幾次後，她就睡著了。「……她好像舒服多了。」夏姆探頭察看妹妹的臉，吃驚地低聲道。

「治、治好了嗎？」

「還沒。」

觀風語氣平淡地回答。

「……不過，症狀應該會逐漸好轉。這不是痘瘡，而是水痘吧。」

「咦？可是，水痘不是小孩子才會得的病嗎？而且我看過長水痘的孩子，身上的疙瘩也沒這麼嚴重……」

「你妹妹幾歲？」

「十六。」

「如果小時候沒長過水痘，長大之後還是有可能得到，這時症狀就會很嚴重。順英之民偶爾也會出現這種情況。我的朋友是位良醫，之前曾聽他說過分辨痘瘡與水痘的方法。兩者的疹子長得不一樣，長的位置也不同。古娜的水疱大多長在背部，手腳反而比較少，而這也是水痘的特徵。疹子容易長在身體的中心部位。」

「是……這樣啊……」

「由於皮膚會非常癢，有時會不小心抓破。要是細菌跑進傷口裡就不好了，所以盡量不要去撓皮膚。這是有解毒和消炎作用的藥草液。我把它留在這裡，你就像剛才那樣滴在清水裡，再用浸過藥水的冷溼布敷在她的皮膚上。」

觀風遞出一只小瓶子，但夏姆並未伸手收下，而是回答「我沒錢」。

「我是皈依如來的娑門，幫助民眾怎麼可能還收錢。」

「可是……我是森林之民，是你們口中的非者……非人者。」

「沒關係。」

觀風將小玻璃瓶往前一遞，如此說道。

「你遇到了我，還跟我交談，怎麼可能不是人呢。快點收下吧。」

話都說到這個份上了，夏姆才終於收下小瓶子，然後小聲地說：「對不起啊……」他是在為方才對觀風他們拈弓搭箭一事道歉。那張長滿鬍鬚的臉，總算從極度的緊張放鬆下來。觀風發現夏姆其實年紀還很輕。既然妹妹十六歲，哥哥大概二十歲左右吧。

再向夏姆叮囑幾件該注意的事後，觀風便步出小屋。

瑪德蓮在小屋的旁邊等待，觀風一靠近，他就退了幾步。他的動作有點不自然，看上去就像在提防什麼。

「瑪德蓮，你為什麼躲我？」

觀風決定直接問清楚，然而瑪德蓮卻把頭撇向一邊裝作沒聽到。

「瑪德蓮？少頭領是叫這個名字嗎？」
「不是，這不是我的名字。」
他不理觀風，卻馬上回答夏姆的問題。瑪德蓮的確是觀風擅自替他取的名字，不過……他不喜歡嗎？觀風有點沮喪。
「既然事情已經辦完，我們可以回去了嗎？」
「好，我妹妹看起來好多了。感謝岩山的少頭領和珂璉大爺。」
「我什麼忙也沒幫。現在只想快點回到自己的聚落。」
「這樣啊。但是月亮被遮住了，最好等黎明再出發。」
聽到夏姆這麼說，觀風仰望天空。
月亮確實完全被雲遮擋，夜幕變得更加濃重。不僅如此——
「……不久之前空氣就變重了。待會兒說不定會下雨。」
觀風如此說道，夏姆聽了便說「沒錯」，表情顯得有些吃驚。
「我聽說珂璉人因為壽命很長，所以感覺很遲鈍，原來也是有例外啊。森林瀰漫著雨的氣味喔，再過不久就會下雨。那座山崖下去比上來還困難，如果下雨就麻煩了吧。」
然而，瑪德蓮仍舊堅持要走。
「的確快要下雨了，不過動作快點的話，或許就能趕在下雨前抵達山崖下。」

見瑪德蓮如此固執，觀風內心五味雜陳。

他為什麼那麼急著離開？是想快點跟自己分開嗎？如果是這個緣故，他還真是薄情無義。虧自己之前一直盡己所能、費盡心思保護瑪德蓮——

想到這裡，觀風隨即注意到自己的傲慢而震愕不已。

自己究竟在想什麼呢？

先是被人關在籠子裡，後來又被人關在牢房裡……瑪德蓮在阿迦奢受到那麼過分的對待，他想快點回到故鄉也是人之常情吧。自己居然忘了這些事，還要他感謝自己？還要他表現出依依不捨的態度？這不正是珂璉人與娑門時常陷入的菁英心態嗎？即便只有一瞬間，自己確實產生了這種「他人理當尊敬自己」的心態，這讓觀風打從心底感到羞愧。

必須快點讓瑪德蓮回去才行。

明晰應該也很擔心地等著自己。現在返回湖邊、稍作休息後也差不多要天亮了。天亮之後就立刻騎馬載著瑪德蓮出發，還他自由。

「那就快點動身吧。」

觀風簡短回答，於是夏姆點頭說了一句「這樣啊」。

「那麼我也為你們祈禱，希望不會下雨。如果下大雨就不要勉強。假如還沒抵達山崖就折回來這裡。若是已經下了山崖，你們可以在山洞裡躲雨。」

夏姆這般叮嚀道，觀風與瑪德蓮便在他的目送下出發。

兩人各自拿著一根火把，瑪德蓮走在前面。他的夜間視力似乎跟貓頭鷹一樣好，走得相當快。這條勉強能稱為路的路徑，應該是夏姆開闢出來的吧，走在前面的瑪德蓮並未表現出一絲猶豫。

這樣看來或許能在下雨之前回到湖邊……正當觀風這麼想時，一顆雨珠打中他的頭頂。往上一看，水滴接二連三地落在額頭與臉頰上。

雨勢一下子就變大了。

當兩人抵達山崖上時，火把幾乎就要熄滅了。可是，瑪德蓮似乎沒打算折回去。他先是抓著繩索往下看，而後不知道在想什麼，竟然將自己的火把丟下去。在這樣的雨中，掉落地上的火把應該再過不久就會熄滅。

「你就朝著那火光爬下去吧。」

瑪德蓮回頭這麼說。沒想到他會叫自己先走，觀風頓時不知所措。

「山崖的土壤尚未吸入太多的雨水。只要抓緊繩索，一步一步踏穩就沒問題了。」

他說得對，山崖會隨著時間變得越來越脆弱吧。這樣看來，先走比較安全。觀風如此判斷後，向瑪德蓮表示自己可以讓他先走，但瑪德蓮卻搶走觀風的火把，用焦躁的口氣催促道。

「別說了，你快點下去。」

「可是……」

「動作快。火要熄滅了啦！」

為什麼自己得挨他的罵不可呢？委屈歸委屈，觀風也只能乖乖抓住繩索。瑪德蓮的身手比自己還要敏捷，對森林又很熟悉，理應也很習慣爬這種山崖才對，既然這樣聽他的也無妨。觀風如此暗忖，往山崖走近。

下去應該比上來輕鬆吧——才剛踏出第一步，這天真的想法就被擊碎了。

自己變得非常重，感覺比爬上來的時候還要重。觀風發覺繫著繩索的木樁有些鬆動，心裡很是焦急。要是不小心使出過強的臂力將木樁整根拔起，自己就只能等著摔下去了。

「踩穩！」

瑪德蓮拿著火把從上方照著觀風，對著他大喊。

觀風拚了命地尋找踏腳處，然後用力踩著那個地方，自己的重量頓時變輕了一點。他了解到踏腳處的重要性，提醒自己要緩慢而穩定地往下爬。

爬著爬著，觀風逐漸掌握到訣竅。

突出的樹根是可以利用的東西。若以岩石做為踏腳處，不僅無法掌握埋在土裡的部分有多大，而且還容易腳滑，因此走起來必須非常小心。

只要保持冷靜就沒問題——觀風這麼告訴自己，慢慢地爬下去。外套沾滿泥土，已看不出原本的顏色，但現在沒有餘力介意這種事。

當腳終於能夠再次踏上地面時，究竟已過了多少時間呢？

觀風覺得這段時間非常漫長，實際上雨勢的確也變得更強，幾乎算是傾盆大雨了。如果現在是白天，自己絕不可能會看漏，天空布滿了會降下這種大雨的雲。一想到這兒觀風就很懊惱，不過現在還有其他該擔心的事。

觀風立刻撿起掉在地上的火把，但火幾乎就在同一時間完全熄滅。

「瑪德蓮，火把……」

就在觀風邊說邊抬頭往上看時。

雖然眼睛稍微適應黑暗了，但仍無法看清楚景物。在模糊的視野當中，有個彷彿生活在樹上的小猴子般身手敏捷的人物——不消說，那個人當然就是瑪德蓮——以令人難以置信的速度，輕鬆地爬下了山崖。

爬上去時他的身手就已令觀風瞠目結舌，爬下來時的動作簡直不像個普通人。看樣子，無論夜晚還是下雨天，如果是這種程度的山崖，而且還有攀繩的話，對瑪德蓮而言根本不算難關吧。怪不得他能從觀風家的二樓跳到中庭，既然擁有這樣的體能，這種事應該也難不倒他。

於是兩人都平安地下了山崖，然而雨勢實在過於猛烈。

兩根火把都完全熄滅，現在也沒有月光，再往前走會很危險。瑪德蓮也這麼認為吧，他吐出一個像是髒話的短詞後，看著觀風說「去躲雨」。看來他決定到夏姆說的山洞避難。

能夠馬上找到那個山洞並非單純的幸運，多半是因為瑪德蓮在爬上山崖之前就已留意這類地方。要不然，他們是不可能在黑暗中順利抵達山洞的。

不管怎樣，能夠躲過這場大雨就是萬幸了。

值得慶幸的是，山洞裡堆放著充足的乾燥枯枝。這裡應該也是夏姆自己用來躲雨或狩獵時休息的地方吧。觀風身上帶著火鐮與火絨這兩種進入森林時的必需品，因此很快就生好火堆。

火焰的亮光與溫暖，能夠帶給人安心感。

瑪德蓮原本坐在附近，一與觀風對到眼便擺出不高興的表情，稍微挪動身子與他保持距離。

「別那麼生氣。這場雨下不久吧。」

「我沒生氣。」

瑪德蓮以一點都不親切的語氣這麼說後，便起身探索山洞。觀風也察看周圍，這個山洞比他想像的還深，此外也看得到幾個木箱與堆起來的稻草等物品。他發現一張捲起來立著放的草蓆，便將它鋪在篝火前面，再鋪上稻草。只要坐在這上面，就可以隔絕地面的寒氣。

「裡面都是蝙蝠。」

瑪德蓮邊說邊走回來，觀風指著自製的稻草墊，叫他脫掉淋溼的衣服坐在這邊。觀風自己也脫掉外套，解開穿在底下的衣服綁帶。

但瑪德蓮脫掉外套後就停下動作，不知在猶豫什麼。

「怎麼了？一直穿著溼衣服，身體會變冷而失去體力。」

「……我知道。」

他咕噥著答道，而後慢吞吞地動手解開領口的綁繩。由於衣服溼掉了，脫起來似乎很困難。

「本來娑門應該要避免裸露皮膚，但現在是緊急情況。那麼我也失禮了。」

觀風迅速除去身上的衣物，上衣全脫掉，下衣只剩一件長及膝下的襯褲。雖然觀風並不想讓他人見到這副模樣，但這次實在是莫可奈何。皮靴也脫掉後，他赤腳走離篝火，將脫下來的衣物用力擰乾。接著將擰乾的衣物攤開，放在稻草堆上。雖然會沾上一堆稻草，不過弄乾衣物比較要緊。

準備回到篝火前面時，觀風注意到瑪德蓮的視線。

他睜大那雙色澤美麗的眼睛，一臉疑惑地問：「那是怎麼回事？」瑪德蓮似乎也在擰衣服，他雙手拿著扭過的衣服愣在原地。

「……哦，你說這個傷嗎？」

觀風按著自己的胸口說。

「這是舊傷。傷口已完全癒合，也不會痛。雖然疤痕不大，卻一直沒有消失呢。」

「傷口雖然很小，但看起來很深。傷在那種位置，真虧你能活下來耶。」

「你身上不是也有許多傷痕。」

「我是戰士，有傷是正常的，但你是娑門吧？」

「哦，你果然是戰士啊。」

當下瑪德蓮的表情有點難看。是不是因為不小心說溜嘴了？

「因為明晰說過，你一定是戰士吧……總之，先坐下來吧。」

觀風回到稻草墊上，對瑪德蓮招手。

瑪德蓮雖然走了過來，但他把那堆稻草挪開一點，坐在與觀風相隔一段距離的位置。不過為了烤火，他也不能離得太遠。

「如果你想知道我的傷是怎麼來的，希望你先說說自己的事。畢竟，我沒想到自己能夠像這樣跟你對話。」

「我從來沒說過自己不會講話。」

「這是當然的吧。因為當你這麼說時，就證明你會說話了。」

「因為你們沒問。你們一次也沒問過我，能不能聽懂你們說的話。是你們單方面認定，我是連話都聽不懂的野蠻非者啊。」

瑪德蓮說得很有道理，觀風只能點頭回答「的確如此」。觀風他們的先入之見才是最根本的問題。

「說到底，你們實在太無知了。無論是高大的珂璉人，還是城裡矮小的順英人都一樣。非者……森林之民其實懂你們的語言。」

「似乎是這樣呢。夏姆也會說我們的話。」

「所以大家都很清楚，你們是怎麼罵森林之民的，也知道你們不把森林之民當人看。」

面對如此辛辣又完全正確的見解，自己該怎麼回應才好呢——觀風完全束手無策。唯一能夠說的，就是順英人「一直以來都是被這麼教導的」吧。森林裡的居民很可怕、應該遠離他們……順英人從還不懂事的時候就被灌輸這種觀念，日後生了孩子也一樣這麼教導他們。而或多或少知道過去那段歷史的珂璉人，也一直都沒有否定這些觀念。

「……不過，你們……你、明晰還有治癒救了我。要不是有你們，我可能早就在那時遭到殺害了，我要向你們道謝。小陶也是好孩子，至於小小……牠真的很驚人啊。你竟然有辦法馴服小小。」

「我不認為自己馴服了牠，此外也沒訓練牠。單純只是小小能夠理解罷了。」

「理解什麼？」

「我的心情，我希望牠留在那座中庭裡。」

「那麼，那隻大烏鴉，還有送信的鴿子……」

「鴿子們有經過訓練，只要善加利用歸巢本能就沒那麼困難。不過大黑……牠同樣是特別的，頭腦很聰明。」

「大黑起初很怕我呢。不過，幾天後牠似乎就習慣了。雖然我很討厭阿迦沓的城市與珂璉之崗，但你的中庭……感覺還不賴。」

不加修飾的話語，直截了當地將他的心情傳達給觀風。

「那麼，你的傷是怎麼回事？那是刺傷吧？你是差點被殺嗎？」

瑪德蓮縮短彼此的距離，將臉湊過去，仔細觀察觀風胸口上的傷。觀風注視著近在眼前的後腦杓，發現瑪德蓮有兩個髮旋，正當他覺得很可愛時，瑪德蓮突然與他拉開距離。只見瑪德蓮急忙退開，彷彿在害怕什麼似的。

「怎麼了？」

「……沒什麼。」

「之前我就一直很在意……我身上的氣味讓你覺得不舒服嗎？」

「不……不是……你離我遠一點。」

既然對方這樣要求，那就沒辦法了。觀風稍微挪動位置重新坐好。赤裸的上半身已乾得差不多了，但頭髮仍又溼又重。他從肩背小包裡拿出密齒梳來梳頭髮，雨水被梳子梳下來，從髮梢滴落。

「這道傷，是將近一百年前留下的舊傷。」

「……？等一下。觀，你幾歲？」

聽到他叫自己「觀」，觀風不知怎的覺得很開心，不假思索地回答「一百零八歲」。瑪德蓮一時間啞然無言，最後才喃喃地說：「……根本就是個老爺爺了。」

「珂璉人的平均壽命是一百五十歲左右。而外表的老化……雖然也是因人而異，不過一般都是從一百三十歲開始逐漸變老……少頭領，你幾歲？」

「叫我瑪德蓮就好。」

「但你不喜歡這個名字吧？」

「也沒到不喜歡。畢竟那種點心很好吃哪，叫這名字也沒什麼不好……我十八歲。」

「既然稱為少頭領，你應該是年輕一輩的領袖吧？」

「沒錯，戰鬥的時候，我都是先打頭陣。你是跟誰打鬥才留下那道傷的？對方很強嗎？你能活到現在，就表示你打敗了對方吧？」

看來一提到戰鬥，瑪德蓮的話就多了起來。觀風很猶豫是否要將真相告訴這樣的瑪德蓮，但他又不想說謊或欺瞞對方。

「我不是跟人打鬥，而是單方面被刺。」

「被誰？」

「我父親。」

瑪德蓮頓時陷入沉默。他的視線始終停留在觀風身上，就這樣不發一語。觀風同樣沒有移開目光，因為能像這樣凝視那雙眼睛的時間所剩不多了。

「你想談這件事嗎？」

最後，瑪德蓮如此問道。

「……這個嘛。我從來不曾跟任何人提起這件事。」

「明晰也不曾？」

「不曾。」

「你能告訴我嗎？」

觀風想了半晌後點頭回答「應該可以」。畢竟那是以前的……真的是很久以前的事；是已經過去的往事了。

「這件事說起來也沒那麼複雜。我父親的心生病了，他想要刺殺九歲的我。要不是當時還在世的乳母阻止他，我應該早就死了吧。」

「刺殺九歲的兒子？」

「因為他病了。」

觀風又說了一遍。

關於原因，他只能這麼說。因為他真的只知道這項事實。

父親當上賢者後，就一直住在如來之塔裡，然而那一天他卻突然返回家中刺傷兒子。當時他可能還說了「一起死吧」之類的話。趁現在一起死吧……他好像是這麼說的吧。雖然那段記憶很模糊，不過父親當時的表情觀風卻記得很清楚。

因為父親的表情一點也不可怕。

他笑得很溫柔。

那是一張疼愛兒子的父親面孔。

「雖然刀子很利，所幸沒刺中心臟。父親刺殺兒子，可是一件不能張揚出去的大醜聞。聽說治癒的祖父費了一番工夫，對外宣稱我得了肺病正在療養，並禁止任何人探病……就這麼瞞了三個月左右。」

不過，傷口最終癒合了。

之後過了十幾年，治癒的祖父與觀風的乳母紛紛去世，兩人皆將這個祕密帶進了墓裡。

「你父親後來怎麼樣了？」

「刺傷我的隔天，他就自盡了。」

「這樣啊。」

這時瑪德蓮才終於移開目光，看著篝火。

之後就一直默默無語。他並未針對觀風那段沉重且殘酷，卻又無法遺忘的過去發表什麼言論。既沒出言安慰也沒表示同情，更沒說上一句感同身受的話語，真的只是聆聽而已——這樣的反應帶給觀風無以名狀的安心感。

「森林裡經常發生戰鬥嗎？」

這次換觀風主動提問。

瑪德蓮給篝火添加枯枝，並回了一聲「對」。

「森林之民都是組成氏族一起生活。有些氏族關係友好，有些氏族互相敵對，所以經常發生小規模的競爭，但不會演變成大規模的戰鬥……不會讓這種情況發生。」

「不會讓這種情況發生？」

「因為最厲害的強者會出面制止。」

「森林裡哪個氏族最強？」

「森林……哈啾！」

瑪德蓮打了一個大噴嚏。他的髮梢滴著水珠。

「把髮辮解開，梳一梳吧。頭髮還是要弄乾比較好。」

觀風如此建議，瑪德蓮聽了便噘起嘴巴回答「不要」。

「我們不在他人面前解開髮辮。」

「所以之前洗澡時你才會那樣抗拒啊。反正我都已經看過了，現在就別在意這種事。欸，你會感冒的。過來。」

「唔哇！」

觀風硬是把瑪德蓮拉了過去。

他從背後抱住瑪德蓮，將整個身子禁錮在自己的雙臂之間。儘管兩人的體格差距頗大，不過瑪德蓮若真抵抗的話觀風應該也抱不住他。然而瑪德蓮並未做出太過激烈的抵抗，感覺得出來他雖然很不情願，但仍允許觀風碰他的頭髮。於是觀風也決定強硬到底，一面開導他「你也不希望在回去之前發燒吧」，一面幫他解開受到風吹雨打而變得亂七八糟的髮辮。

「編得真複雜耶……噢，打結了。」

「……！」

光是要解開瑪德蓮的髮辮就得費一番工夫。無論觀風再怎麼小心，還是會拉扯到頭髮。這種時候瑪德蓮便會忍不住一顫，但他不會喊痛，只是暫時屏住呼吸。此外……

這股香味是……怎麼回事？

隨著髮辮逐漸解開，觀風聞到了一股越漸濃郁的香味。那是一股難以形容的芳香。與其說是花香，那味道更接近水果的甜香，此外還混雜著某種動物元素。是從瑪德蓮的頭皮散發出來的嗎？把鼻子湊近一聞，香味果真更濃了。

觀風突然興起一股想把臉埋進那頭黑髮裡的衝動，他趕緊制止自己。那是娑門不該有的衝動。

「還……還沒好嗎？」

頭髮還沒解開嗎？這麼問的瑪德蓮聲音變得有點尖。

「再等一下就好。」

連回答他的自己聲音也快顫抖起來，說話的同時觀風還得克制自己才行。他不明白自己的身上為何出現這種不穩定的變化，因而感到不知所措。

髮辮終於解開後，觀風拿起梳子。

瑪德蓮的黑髮呈波浪狀，長度超過背部的一半。

用梳子梳理後，烏亮的髮絲就變得又直又整齊。自己從未見過這麼漂亮的頭髮。拿在手上能感受到帶有水分的重量。如果以脣觸碰這頭黑髮，那會是什麼樣的感覺呢？

頭髮吸附的雨水，逐漸被梳子梳下來。

水珠倏地自背部滑落而下的畫面很美。觀風心想「他不覺得癢嗎」，不過瑪德蓮似乎沒發覺有水珠滑落下去。看來背部那片特殊皮膚的感覺果真很遲鈍。這是自瑪德蓮剛來到家裡、仍臥床不起的那個時候以來，觀風第二次如此近距離地觀察他的皮膚。

那股甜香並未變淡，聞得觀風幾乎就要醉了。

觀風就在這股香味的環繞中梳著黑髮。滴下來的雨水，並非全落在背部。

「……！」

瑪德蓮忍不住扭動身子。

因為自梳子滴落的水珠，從脖子滑向了鎖骨。

看來身體正面的皮膚很敏感，他應該是覺得很癢吧。隨後又滴下一顆水珠——這次是從肩頭滑落到胸口。觀風不自覺地以目光追逐那顆水珠。當透明的水絲掠過小巧的乳頭旁邊時……

「啊。」

瑪德蓮忍不住叫出聲音。

他的聲音極輕、低啞且壓抑。

然而，當這聲音震動鼓膜的那一剎那，觀風的身體起了極大的變化，連他自己都不知該如何是好。

渾身頓時起雞皮疙瘩，但那並非惡寒所致。

這感覺明顯不同於惡寒。淋了雨而變冷的身體此刻竟熱了起來，血液在全身上下加速狂奔。心臟跳得飛快，衝動就要凌駕理性。

就跟那個時候很像。

很像瑪德蓮被抓走時，內心所產生的猛烈情緒……不過，當時的情緒是憤怒。此時此刻，觀風並未生氣。

將半裸的瑪德蓮困在自己的臂彎裡，梳著亮麗的黑髮，聞著甜甜的體味，感覺非常滿足……

不對。自己並未滿足。

只有當慾望得以實現時，才能稱為滿足。既然如此，自己就尚未獲得滿足。

長久以來，觀風都以為自己與這方面的慾望沾不上邊，沒想到……他重新意識到自己有多麼貪婪無厭。發覺自己渴望著瑪德蓮後，觀風不僅驚訝，同時也恍然大悟。原來是這麼回事啊……不知不覺間，自己居然如此地渴望著這個人。

為了讓自己冷靜下來，觀風做了一次深呼吸。

「別……」

然而他吐出的氣息，似乎不小心撲在瑪德蓮的後頸上。

撥開黑髮一看，背部與後頸的皮膚厚度並不相同。

「……為什麼呢？」

觀風囁嚅似地開口問道。

「你的背部跟一般人不同，有著堅韌的皮膚。背部與後頸相連，但……後頸的皮膚卻很薄。為什麼會這樣呢？」

「這……這種事我怎麼會知道。快點放開我啦。」

觀風不理會瑪德蓮的要求，將臉湊向他的後頸。因為觀風覺得，那一帶散發的甜香特別濃烈。

先是後頸，接著是耳朵下方……他就像是在呵癢一般，以鼻尖滑過這些地方，盡情享受那股甜香。

身體很燙，太燙了。

無論是觀風自己還是瑪德蓮，兩人的身體都一樣火熱。

「別這樣。」

瑪德蓮說。

那語氣與其說是拒絕，聽起來更接近迷惘。觀風也知道自己該停下來，但他不想這麼做。他很訝異自己竟有這種強烈的念頭。

觀風感覺到理性就快脫離這具肉體。

簡直就像是一隻想要飛上天空的鳥兒。自己一直想守護的這隻名為理性的雛鳥，其實並非雛鳥。牠早已長為成鳥，不斷地嘗試拍動翅膀，想要獲得自由。

但是，觀風不能放開那隻鳥兒。他必須雙手抓著牠，硬將牠困在自己的掌中。身為娑門的他必須這麼做，最重要的是現在若被激情沖昏頭，離別之後自己只會更難過，這一點他同樣再清楚不過。

「放開我，觀……」

沒錯，自己應該要放開他。

該這麼做的理由全攤在眼前了。

可是，為何自己就是無法放手？

這兩條手臂究竟是從何時開始抱緊瑪德蓮的？自己是從何時開始，自背後將他擁入懷裡，與他肌膚相親，沉溺在這股香味之中？

你不如乾脆甩開我吧，觀風心想。粗魯地甩開自己的手，或是把自己推開，再不然拿木柴毆打自己也行。這樣一來，自己一定能放開他。

之後，自己便會感到羞愧，向他道歉吧。

「放開我……拜託你……我、我撐不下去了啦……」

瑪德蓮幾乎是用懇求的語氣這麼說。觀風屏住呼吸，努力凝聚自己的理性。那隻想振翅高飛的鳥兒，仍勉強留在這具肉體裡。

「你說……什麼事撐不下去？」

為了防止自己放棄思考，觀風試著提出這個問題。因為他也想知道，瑪德蓮為什麼無法推開自己。

「像這樣……像這樣的……該死，為什麼會是現在……未免太會挑時間了……」

「瑪德蓮？」

「【露茶】……」

「露茶？」

「偶爾會有人在不對的時節迎接露茶……我大概就是這種情況……」

瑪德蓮縮著身子，遮掩僅穿著褻褲的雙腿之間。觀風知道，他的那裡起了反應，而且尚未平復下來。

畢竟瑪德蓮是年輕的男人，有時也是會發生這種情況吧。至於對同性產生這種反應一事，雖然在順英人之間比較少見，但在珂璉人之間卻不是多稀奇的事。奇怪的反而是——已有幾十年不曾積累這種火熱慾望的觀風，居然也面臨同樣的狀況。

而且瑪德蓮的腰部，早已感受到他變硬發燙的現象。

「你、你也是……露茶到來了嗎……？」

「可以告訴我，露茶是什麼嗎……？」

「就是尋找自己的、阿邇達的季節……露茶到來時，氣味會改變，慾望也會增強……會變得難以壓抑。」

阿邇達？觀風聽不太懂。不過，既然慾望會增強，那是不是就類似動物的發情期呢？森林之民的身體，居然會發生這種現象？就算是人也一樣有發情期？

「你一定也是……露茶到來了。」

瑪德蓮轉過身子，看著觀風。

視線交會。紅玉髓的光輝擄獲了觀風。

只是互相凝視而已，體溫似乎就變得更高了。究竟該怎麼做，才能掙脫這雙眼睛的束縛？

「因為你的身上，一直有股非常香的味道；一股讓人難以抗拒的味道。可惡……居然變成這樣……所以我才一直躲著你啊……」

這回瑪德蓮將臉湊向觀風的脖頸。他吸了一口氣、嗅著味道，然後嘆著氣說「可是」。瑪德蓮吐出的氣息令人發癢，同時也相當性感，誘惑著觀風。

「可是，你是珂璉人……所以不可能是我的阿邇達……」

他碰觸銀髮，用遺憾的口氣這麼說。

觀風也將手指插進瑪德蓮的黑髮裡，問他「什麼是阿邇達」。瑪德蓮沒有回答這個問題，而是喃喃說著：「其實是不行的。」

「可以碰我頭髮的人……只有阿邇達而已啊。」

「我已經碰了。」

「都是這場雨害的。」

「是啊，是這場雨害的。」

「都怪頭髮淋得太溼了。」

「是啊……我可以吻你嗎？」

為什麼自己會問這種問題呢？

觀風無法理解自己，但他知道說出口的話沒有半分虛假。此外他也覺得，雖然這股情慾來得又急又猛，其根源的情感早就存在自己心裡。

「……不行。」

瑪德蓮仰望著觀風，輕聲回答。然而他的手掌卻觸碰觀風的臉頰，做出與回答相反的行為。

「當然不行……」

撫著臉頰的那隻手，撥開漸漸烘乾的銀髮繞到頭部後面。瑪德蓮陶醉地仰望著觀風，將他的頭引向自己。簡直就像在索吻似的。

觀風聽到了拍動翅膀的聲音。

外面正下著豪雨，山洞裡面很暗，只有篝火搖曳著亮光，然而——觀風的內心卻是一片藍天、颳著強風，而鳥兒們正用力拍動翅膀。

名為理性的鳥兒們一隻隻飛離了觀風的肉體。之後就不關我的事了、你自己去想吧……牠們朝著耀眼的天空飛去。

之後，觀風的心情便輕鬆下來。

「瑪德蓮。」

他呼喚這個名字，並且面露微笑。

見觀風露出笑容，瑪德蓮的表情顯得有些吃驚。這也許是觀風頭一次像這樣對著他笑。

觀風原本以為，放下理性會是更加暴力的行為，結果並非如此。又或者，觀風釋放的那群鳥兒並非理性，而是另一種桎梏？壓抑、紀律、虛無感……觀風不太清楚那是什麼，但此時此刻他無心去研究這個問題。瑪德蓮目不轉睛地看著觀風。要是他說，那張略顯不安的臉龐很可愛，這男人一定會生氣吧。所以觀風並未說出口，但灰藍色的眼眸肯定透露了這個想法。

觀風親吻瑪德蓮的下巴。接著是臉頰、耳朵……以唇撫過眉毛後，又回到臉頰。

脣避開黑髮落在脖頸上，吸吮柔軟的皮膚，感覺得到瑪德蓮的身子陡然一顫。若以舌尖撫弄喉結，也能聽到吐氣似的聲音。他的皮膚非常敏感。

觀風把頭挪開，再度與瑪德蓮對視。

溼潤的眼眸裡，看得到些許的迷惘。吐出熾熱氣息的嘴脣吸引著觀風，當他將臉湊過去時，瑪德蓮卻略微往後退，接著面向下方。

這閃躲似的舉動，令觀風感到訝異。

不，正確來說，他是訝異自己竟因對方的閃躲而受創。

「……你不願意嗎？」

觀風抬起原本扶著背部的手掌問道，瑪德蓮立刻回答「沒有」，然後為難地皺著眉頭。

「沒有不願意，但是……不行。因、因為……能與自己嘴脣相疊的只有阿邇達。」

「阿邇達是指情人嗎？」

「……是互相發誓一生只有彼此、兩人湊在一起才完整的對象。據說當孩童期結束、露荼到來後……就會找到自己的阿邇達。」

換句話說就是一生的伴侶、丈夫或妻子吧。不得與伴侶以外的人接吻，是他們那個世界的規範。

「那麼，其他部位呢？」

「什麼？」

「如果是身體的其他部位，我就可以親吻了嗎？」

「可……可以觸摸頭髮的也只有阿邇達。」

「來不及了，我已經摸過了。還有呢？」

觀風一問再問，瑪德蓮便囁囁嚅嚅地回答：「其他部位應該沒有特別規定……」他的臉很紅，應該不只是篝火的緣故吧。

「我不是很清楚，畢竟露茶現在才終於到來。」

那副鬧脾氣似的口吻，令觀風很想要盡情地抱緊他。不過，現在應該要暫時忍住這股衝動，再多聽一會兒瑪德蓮的說明吧。

「不、不過我也並非完全一無所知。我有大哥在，慾望積壓久了也會請他幫忙。」

「……幫忙？」

「沒錯，我也會幫大哥，所以那方面的事我也懂的。」

瑪德蓮的語氣很坦蕩，甚至可以說有點自豪。不過觀風聽了之後，卻壓低聲調接著問：「你跟哥哥？」

「不、不是啦，不是有血緣關係的哥哥，是跟我感情很好、年紀比我大的男人……他會教我那方面的事。畢竟不能積壓太多慾望，對女人亂來吧。」

「……原來是這樣。他教了你什麼？怎麼教的？」

觀風並不曉得，此刻的自己是什麼樣的表情。不過看樣子，至少可以確定自己的表情有欠溫和吧。證據就是，瑪德蓮一副害怕的樣子眨著眼睛。

「觀？你幹麼生氣？」

「我沒生氣。所以，你那位大哥教了你什麼？」

「就是……觸摸的方式……」

「這裡嗎？」

觀風挪開瑪德蓮放在褻褲上的手。

雖然那隻手使力抵抗，但觀風輕咬瑪德蓮的耳朵後，他便肩膀一顫放鬆手的力道。觀風隔著布料，輕輕握住高高頂起褻褲的屹立，瑪德蓮登時小小地悶哼一聲。

「你讓他摸這裡是吧？」

「為什麼……要生氣啊……啊……！」

「雖然我剛才否定了，不過我可能真的在生氣。就算那是你們的風俗習慣……還是很令人不快啊。他教你怎麼做？」

觀風沒出什麼力氣，一面緩慢地玩弄一面問道。大概是被他弄得心急難耐吧，瑪德蓮扭動身子回答：「就是……普通的做法。」

「普通？」

「就、就是用不會痛的力道摩擦……」

「互相這麼做嗎？」

瑪德蓮點了個頭，然後抬起低著的頭說：「我也來幫你。」雖然是個不錯的提議，觀風卻回絕他：「現在就不了。」

並不是因為自己身為娑門。坦白說，現在的觀風早就把娑門的戒律擺到一邊。

唯有懷裡的身軀、聲音、表情才是最重要的一切。所以，他不想錯過任何一個畫面與聲音。比起自己獲得快感，他更想將瑪德蓮的一切保留在記憶裡。

「為什麼？如果不一起做，就沒辦法一起感到舒……嗯……！」

觀風稍微用力一握，瑪德蓮的話音便戛然而止。看來就算曾與別人手淫過，他的經驗可能還不多。

「啊、啊……！」

「只要你覺得舒服，我就高興了。」

「……唔……觀……你、你可以再……用力一點。」

之所以故意不重不輕地刺激著，是因為觀風想聽他這樣央求自己。

「我知道了。」觀風體會著內心那股既甜蜜又害羞的感覺，稍微加強力道。不消說，這樣的力道當然還不夠吧。

「就……就跟你說再用力一點……啊！……你、你不喜歡直接摸嗎……？」

「你那位大哥，都直接摸你是吧？」

「那樣做……很正常啊……」

「他也會親吻這裡嗎？」

聽到觀風這麼問，瑪德蓮先是發出一聲尾音上揚的「啊？」，過了一會兒後驚訝地回答：

「怎、怎麼可能做那種事嘛……！」

原來如此，觀風十分滿意，伸手去碰瑪德蓮的褻褲。只要解開腰間的綁帶，就能輕易脫掉褻褲。瑪德蓮多半以為觀風終於願意直接碰觸自己了，因此他毫不抵抗。

「……咦？」

不過，當觀風低頭湊向那裡時，瑪德蓮似乎相當吃驚。他慌張地揪住銀髮，觀風便喊痛向他抗議，於是瑪德蓮「啊」了一聲立刻放手。觀風不禁覺得那副驚慌的模樣很可愛，與此同時他用嘴唇包覆著瑪德蓮的灼熱。

「……唔！別……別這樣……」

瑪德蓮再度揪住銀髮。他猛力一抓，力道比剛才還大。

「什……嗯！唔、啊……」

第一次體驗到的感覺，令瑪德蓮既驚訝又害怕，並且深受擺布。口中的昂揚越漸火熱，此外也能感覺到大腿部位猛一使力。觀風的手往上輕撫過大腿，這回便換膝蓋抖動了一下。看來他的身體除了背部以外，每個地方都很敏感。

要將尚未習慣刺激的年輕肉體逼上頂點，並不需要花多少時間。

雖然瑪德蓮幾度要自己停下來，但觀風知道他並不是真心喊停……最起碼，要是真的停下來，他反而會更難受吧，因此觀風始終不理會他的請求。聽他喚著自己的名字，也讓觀風覺得他有點可憐、自己好像在欺負他，可觀風最終還是沒有停手。更正確地說，觀風停不下來。

觀風動用嘴脣、舌頭與口內的所有部位，盡情地疼愛他。

紊亂的呼吸與斷斷續續的呻吟，聽在觀風耳裡就像是悅耳的歌聲。

瑪德蓮始終抓著觀風的頭髮，即將到達極限之時更是相當用力拉扯，不過觀風依然持續刺激著他。最後瑪德蓮便抓著觀風的頭髮，攀上了顛峰。

真希望那一瞬間傾洩而出的沙啞哼聲，能夠永遠迴蕩在耳裡。觀風打從心底如此祈望。

嚥下青澀的精液後，觀風便抬起上半身，瑪德蓮喘得胸口劇烈起伏，忍不住驚呼「不會吧」。

「呃，你……你吞下去了嗎？」

「沒錯。」

「那……那種東西……咦！這麼做……對珂璉人來說很正常嗎……？」

銀髮不僅被瑪德蓮抓得亂七八糟，還被他扯掉了幾根，觀風以手將頭髮往上一梳，笑了一笑後回答他「這個嘛，不曉得呢」。

「他人的閨房之事我不是很清楚，不過……我不認為這種事有那麼奇怪。感覺不舒服嗎？」

「感……感覺……很舒服……」

「那就好。」

觀風親吻瑪德蓮那布著一層薄汗的額頭。瑪德蓮精疲力盡，乖乖地接受他的吻。那副遭初次嘗到的快感所擺布、睏倦且恍惚的表情很美，真想永遠欣賞下去。

「……別讓那位大哥對你做這種事。」

觀風雖在心裡嘲笑生出嫉妒心的自己，卻還是試著將這句話說出口。

「露茶到來之後，我就不會再跟大哥玩了。」

「這樣啊。」

這時，瑪德蓮冷不防把頭靠了過去。由於觀風的臉龐就在旁邊，彼此的額頭大力地碰在一塊。這突如其來的舉動，令觀風有點吃驚。

「哎，怎麼了？」

「你是聖職者吧。做這種事不要緊嗎？」

「……嗯……是不太好呢。」

「我害你破戒了嗎？」

「不是你害的。我只是順從自己的心罷了。」

「你的……心？」

「沒錯，我的心情、願望、慾望。」

除此之外，多半還有愛情。

觀風並未將浮現在心裡的那個最重要的字眼說出口。他不想給這個年輕人帶來負擔。

仔細想想，這是一件很奇怪的事。愛情的確是一種執著，然而觀風也希望瑪德蓮能夠自由。

觀風一方面希望這個年輕人的身體只有自己能夠觸碰，一方面又希望他飛至自己無法觸及的地方。

兩者都是他真實不虛的心情。

「觀還真是個怪胎耶。」

「是嗎？」

「打從一開始我就這樣覺得了。你跟我印象中的珂璉人不同。既不擺架子，也不會瞧不起別人。總是擺出同樣的表情，完全看不出來你在想什麼。然而下一刻，你卻又突然開口說話，還絮絮叨叨沒完沒了。明明就覺得我聽不懂，卻一直說個沒完……後來，我漸漸明白了。你確實擁有情感，可是卻沒有將情感宣洩出去的管子。」

「……管子？」

「身體裡面不是有會流出血液的管子嗎？同樣的，我們認為身體裡面也有將情緒宣洩出去的管子。這條管子非常細，所以肉眼看不見。」

「原來如此，這是個很有意思的看法。」

瑪德蓮咚的一聲躺倒在稻草上。觀風也跟著壓覆在他身上，盡情摸著黑髮。由於兩人的體格有所差距，互相分享體溫的同時，觀風也留意自己的姿勢以免壓傷對方。

「……我的名字，告訴你也無妨。」

瑪德蓮突然這麼說。

「我確實很想知道，但……真的可以嗎？」

「哼，你連頭髮都摸了耶。」

看來觸碰頭髮是一件如此特別的事。此刻他允許自己這麼做，實在令觀風開心得不得了。

「那麼我先告訴你吧。在阿迦耆，知道娑門本名的只有家人與非常親近的人而已。」

「觀風不是名字嗎？」

「那是代表職務的名稱，不是名字。父親給我取的名字叫做尤安。聽說取自某個現已滅亡的古老國家的詞彙，意思是『遙遠』。」

然而跟這個名字相反，接下來自己將成為賢者，關在那座高塔裡度過餘生，是嗎……一想到這兒，觀風不免也覺得諷刺。

「尤安……」

瑪德蓮輕聲念著這兩個字。

給那張小嘴這麼一喚，觀風不禁覺得自己的名字聽起來十分悅耳。

「我叫樓陀羅，意思是『暴風』。」

接著他這麼說，並將雙手的手指插進觀風的頭髮裡亂揉亂抓。

「還真是個勇猛的名字呢。」

「這個名字的寓意，是希望我無論面對多強勁的風都能順遂地飛……順遂地活下去。」

「樓陀羅。真是個好名字，發音也很美……樓陀羅。」

聽到觀風喚著自己的名字，樓陀羅看似害臊地聳著肩膀，放開觀風的頭髮。

「是不是別告訴明晰比較好？」

「沒關係，只要他不說出去就行。你也可以告訴治癒和小陶。我的名字，你們幾個知道就好……話說回來，你的這個要怎麼辦？」

見樓陀羅以膝蓋輕輕刺激自己的雙腿之間，觀風瞪著他輕斥一聲。

「我都說沒關係了。」

「可我學到的是要互相幫對方做才公平。」

「我想做的是接吻。」

「這……就跟你說……只有阿瀰達才可以……」

本來是想看他露出為難的表情才故意這麼說，但真的害他一臉為難後又忍不住覺得他很可憐。

觀風回答樓陀羅「我知道」，並用指尖輕捏他的嘴脣。尚未被任何人吸吮過的這個部位，既柔軟又水嫩。

「你的脣就留給可愛的妻子吧。」

「……是啊，必須這麼做才行……可是，你……真的……」

你真的覺得沒關係嗎？

真的不介意我娶妻，並且親吻她嗎？

樓陀羅要說的，也許是這樣的問題。然而在說完之前，他就發現問這個問題沒有意義。因為明天兩人就要別離。

「不過……」

觀風在樓陀羅的耳邊低語。大概是吐出的氣息弄得他很癢吧，樓陀羅縮起肩膀扭動身子。

「今晚，嘴脣以外的地方都是我的。」

「你在說什……嗯啊……！」

觀風一舔耳殼，樓陀羅便忍不住發出嬌聲。

親吻、啃咬、吸吮——就在當事人難以發現的地方留下自己的痕跡吧。

即使最終仍會消失，一想到那些痕跡會在樓陀羅的肌膚上殘留幾天，觀風就很開心。

「我要吻遍你全身——親吻嘴脣以外的所有地方……」

「所有地方……」

「說不定會吻到早上哪。你做好心理準備了嗎？」

觀風與樓陀羅鼻尖相抵，近距離這麼問道。樓陀羅吐著紊亂的氣息，抬起自己的手指觸碰觀風的嘴脣。

觀風啃咬他的指尖，他便屏住呼吸忍不住顫抖。

「你……想怎麼做……就隨你吧。」

得到心愛之人的允許後，觀風露出了微笑。

「怎麼搞的？喂，怎麼了！出了什麼事！」

發現觀風回到了湖邊，明晰卯足全力朝他跑了過去。

「因為雨下得很大，我很擔心你們呢！瑪德蓮受傷了嗎？還是生病了？你一直背著他走到這裡嗎!?」

看到渾身無力趴在觀風背上的那道身影，明晰頗為慌張。明晰先是把手貼在他的額頭上說「沒有發燒」，接著抓起他的手腕大呼小叫：「但是脈搏有點慢！」

「因為他在睡覺。」

「這種事看了就知道。所以我才問你，他是受傷還是生病……」

「他把名字告訴了我喔。他叫做樓陀羅。」

「啊？呃，瑪德蓮叫做樓陀羅嗎？這、這樣啊，我知道了，不過他要不要緊啊？居然沒辦法走路，看來相當……」

被明晰的大嗓門這麼一吵，樓陀羅發出一聲「嗯……」並扭動身子。「你醒了嗎？」觀風對著後背這麼問，這回則聽到很大的呵欠聲。

「醒了……我要下來。」

樓陀羅動作輕巧地從觀風的背上下來，接著伸了個大懶腰。柔韌的身子往後仰，黑髮則紮成了一束。看到這副模樣，明晰驚訝地眨著眼睛問：「呃，他只是睡著了？」

「對，因為他邊走邊打瞌睡，我就背著他走了。」

「邊走邊……？」

明晰重新觀察觀風與樓陀羅。

兩人的衣物都勉強乾了，但衣服不僅相當皺，還到處沾著稻草。頭髮也只是在腦後紮成一束，而且一樣有稻草直挺挺地從中冒出來。

「到底怎麼回事？現在是什麼情況？」

這麼問的明晰完全沒淋溼。他應該是待在馬車的車廂裡等雨停吧。

「哦……回程時我們遇上了那場大雨。因為夏姆事先告訴我們可到山洞躲雨，我們就躲進那裡，生火等天亮。」

「那位生病的妹妹呢？」

「好像是得了水痘，而不是痘瘡。」

「這樣啊，那就沒有生命危險了吧。我還一度擔心不知道會怎樣，看到你們平安回來真是太好了。你們兩個一定都累……喂，觀風。」

「什麼事？」

「你的臉怎麼了？」

「臉？」

明晰大步走近，目不轉睛地看著觀風。

「你竟然滿面春風耶？先不說別人，我可是看得出來的。而且那副表情要說是傻笑也可以。那可不是豁出性命，在黑暗森林中往返的男人該有的表情。」

「……是你多心了吧？」

「而且，還有那個。呃──那個樓陀羅。」

明晰指著樓陀羅說，只見他拿著懸掛在篝火上的煮水壺，將藥草茶倒進木碗裡。接著小心翼翼地用雙手捧著，吹涼之後喚了一聲「觀」。看來他是要找觀風一起喝茶。

「你聽，聲音不一樣。雖然我沒辦法說明哪裡不同，總之絕對跟之前不一樣。反正就是莫名的……就是那種……啊啊，真是的，反正就是不一樣！」

觀風裝作沒聽到明晰大呼小叫，對著樓陀羅回答：「現在就過去。」

「而且，昨天他不是還躲著你嗎？結果今天居然肯讓你背著走回來……」

「明晰，來喝茶吧。」

「那副表情，與其說是毫無防備……看起來更像是在撒嬌……又像是著迷……？」

「得把餅乾拿出來才行。我記得行李裡有醋栗果醬吧？」

「觀風，難不成你……」

「就用篝火烤餅乾吧。」

「喂。」

一直不回應明晰的問題，就像是在默認他的疑問。觀風也很清楚這點，但他不打算詳細說明昨晚發生的事。明晰嘟嘟囔囔地說著：「不會吧」、「居然發展成這樣」、「怎麼偏偏是現在」，最後喃喃說了一句：「這樣啊……」便陷入沉默。

雨後的早晨，森林散發的光輝比寶石還要美麗。

溼漉漉的林木之間，看得到晴朗的藍天。水珠自深綠色的葉尖滴下，閃爍著光芒落到地上。湖面上漂浮著許多葉片與小樹枝，證明了昨晚的風勢相當強勁。之前不知躲在何處的水鳥，紛紛回到這裡抖動著翅膀。

觀風將烤得香噴噴的餅乾分成兩半，在中間塗滿果醬後遞給樓陀羅。看著大口享用夾心餅乾的那張臉龐，要觀風憋住微笑實在是件非常辛苦的事。

明晰並未詢問樓陀羅昨晚的事，只是向他抱怨：「既然懂我們的語言，麻煩你早點告訴我們。」之前面對觀風時，樓陀羅的回答十分辛辣，但面對明晰時卻是老實地向他說了聲抱歉。觀風回想起樓陀羅被順英人抓住時的情形。當時順英之民主張非者與獸類無異，明晰卻獨排眾議，強調「非者也是人」。

吃完簡單的早餐後，觀風幫樓陀羅編頭髮。觀風的銀髮裡還插著幾根稻草，明晰見狀無奈地「啊」了兩聲替他取下來。

某處有鳥兒熱烈歌唱。

聽到這格外高亢且微微顫抖的啼聲，明晰便說：「我知道那是什麼聲音。那是求偶的鳥鳴。」沒錯，那是尋求伴侶的歌聲。

真是一個美好的早晨。

可惜，他們沒時間在這優美的湖畔悠哉悠哉地度過。將篝火熄滅後，三人著手收拾行李。接下來的路無法坐馬車前進。

他們將馬兒牽離馬車，裝上馬鞍。

由於初雪還要載樓陀羅，牠用的是雙人馬鞍。樓陀羅抱著初雪的脖子，對著牠說「麻煩你了」。聽說樓陀羅的聚落沒有馬，但有很大隻的山羊，他們有時會將牠們當作騎獸。觀風和明晰都沒見過那種大型的山羊。

從這裡到樓陀羅所說的目的地，預計要花三個時辰左右的時間。

初雪與奧坎踏著順暢的步伐行進在森林中。

儘管地面有些許高低落差，但沒遇到像昨晚那樣的斷崖。每隔一段時間，明晰就會觀察太陽的位置，並給樹枝綁上一條形似領巾的布。

這是為了避免回程時迷路而留下的記號。進到森林的這個範圍後，地圖就再也靠不住了。

「……老實說。」

樓陀羅突然開啟話頭。

他坐在觀風的前面，所以觀風看不到他的表情。他的身體並未使出多餘的力氣，很自然地配合馬兒的動作晃動。

「我原本考慮半途甩掉你們兩個，如果甩不掉就殺了你們。」

聽到樓陀羅口吐驚人之語，跟在後頭的明晰大叫一聲「啥!?」。

「這什麼意思？甩掉我們也就罷了，你要殺我們？我明白你的遭遇慘到會讓你產生這種想法，但我們好歹救了你耶？」

「我知道，所以我才沒殺你們……觀，你朋友真的很囉嗦耶？」

樓陀羅這麼說，觀風深深點頭表示贊同，但接著又說：「不過，他是個好男人。」

「這一點我也知道。所以，最後我也決定不甩掉你們了。只不過你們要答應我，絕對不向任何人透露接下來看到的一切。」

「哦……你真會賣關子耶。」

由於路變得寬了一點，奧坎來到初雪的旁邊與牠並行。

「待會兒要揭曉的祕密那麼重大嗎？真讓人期待呀。」

「明晰，你再開玩笑，我就把你一個人丟在這裡喔。」

「辦得到你就試試看啊……我是很想這麼說啦，但你真的會動手吧。抱歉，我不會再開玩笑，也會保守祕密。不過，就算我們向如來發誓，也沒辦法取信於你。觀風你說，要向什麼發誓好呢？」

觀風思索了半晌後，略微揚起下巴望著晴朗清新的天空。最後，他搖曳著銀髮回答：「向風發誓。」

「風不是到處吹嗎？」樓陀羅回過頭嘟著嘴說。

「但是風永不停歇。即使看似停歇，風也必定會再次吹起，驅逐雲朵，讓我們看到藍天。我要向這樣的風發誓。」

「……嗯。好像不錯呢。」

樓陀羅接受觀風的回答，接著看向明晰。

「既然這樣，我要向自己尊敬的老師發誓。雖然老師已不在人世，不過他是教導我什麼是『知』的人物。」

「好吧，要是違背誓言，觀就會遭到風的背叛，明晰則是老師的亡骸會從墓裡爬出來。」

「那是什麼報應啦，好恐怖喔……不要嚇唬我啦。」

「只要你別告訴任何人就沒事了。畢竟那不是我個人的祕密，而是關於我們聚落的事。我是因為……信賴你們，才讓你們看。」

明晰聞言點頭說「我向你保證」，接著問道。

「那麼，你的聚落快到了嗎？但我記得前面是『枯野』吧？」

「枯野？」沒聽過這個地名的觀風疑惑地問。

「就是字面上的意思，那一帶的草木都枯死了。」明晰這樣回答他。「那好像是二、三十年前的事了，森林的部分草木突然枯死，但不知道原因。可能是自燃引起森林火災，又或者是發生樹木的傳染病……總之，大約一俱盧舍（八百公尺）見方的土地都變成了荒野。整座森林就只有那一帶變得光禿禿的。」

「沒錯，」樓陀羅指著前方說。「已經看得到了。我們稱那兒為『下腳地』。」

「下腳地？什麼的下腳地？」

樓陀羅沒有回答，而是從懷裡取出某樣東西。繩子的末端，掛著一支用木頭雕成的小筒子，筒子上面還鑽了孔。觀風曾見過幾次，樓陀羅在大宅的中庭裡賣力製作這玩意兒的景象。當時他以為，那一定是鳥笛吧。

「觀，叫初雪停下來。」

樓陀羅這麼要求。觀風讓愛馬停下來後，樓陀羅便輕拍初雪的脖子拜託牠：「你暫時乖乖地不要動喔？」接著，他十分靈活且輕鬆地──站在馬鞍上。一旁的明晰見狀忍不住驚呼一聲。

「這是風笛。」

樓陀羅這般說明後，便開始甩起笛子。

那支笛子並非以口吹響，而是手握繩子的一端於頭上甩動，使笛子大幅度旋轉。如此一來，空氣就會灌入笛子內部，繼而發出聲音。

觀風也曉得這種笛子，不過這是他頭一次見到實物。起初只聽得到「咻咻」的破風聲，不久就開始發出「咻咿、咻咿」的笛聲，音調比想像中還高。鳥類能夠清楚聽到這種聲音。

樓陀羅那編得很細的髮辮隨風飄動，陽光映照在他的臉頰上。

他就這麼赤腳站在馬背上，一直甩著風笛製造聲響，完全沒有重心不穩的樣子。那景象看起來很美，亦像是某種神祕的儀式。

「……來了。」

最後樓陀羅低聲這麼說，不再甩動風笛。他似乎在天空中看到了什麼，但觀風看不見，明晰也東張西望。

樓陀羅隨即坐回馬鞍上。

然後，他直接對著初雪說：「跑！」初雪聽到他的指令後立刻做出反應，觀風握緊韁繩。明晰也對奧坎下指令，要牠快跑。

兩匹馬朝著枯野奔去。兩側原本林木叢生，但到了某處就驟然變成一個荒蕪開闊的空間。

雖然看得到零星的灌木叢，不過這一帶幾乎都是裸露的土地，到處散布著大塊岩石。

「這裡的土很乾呢。」

明晰坐在馬背上這麼說。他說得沒錯。森林的土壤基本上都潮溼且肥沃，可是這裡卻不一樣。簡直就是一處小荒野。

「因為陽光過度直射，只有耐旱的植物能在這裡生長。未來就算有樹木在此扎根茁長，要恢復成森林也是很久以後的事吧。這一帶也看不到動物的身影。畢竟沒有樹，當然連鳥也……」

明晰的話音戛然而止。

怎麼了？觀風困惑地看向朋友，只見他張著嘴巴凝視天空。

這時，樓陀羅輕靈地從初雪的背上跳下去，赤腳跑了起來。

他朝著枯野的中央徑直奔去。

跑到一半他脫掉外套，然後繼續往前跑。儘管很好奇明晰在看什麼，不過觀風還是將目光移向樓陀羅並大聲詢問：「你要去哪裡！」

「朋友來接我了！」

「樓陀羅！」

觀風想追上越跑越遠的樓陀羅，便對初雪下指令。然而愛馬只是抖了一下脖子，怎麼也不肯動。牠的模樣看起來甚至像在害怕什麼、想要逃走。無可奈何之下，觀風只好下馬。這時——

「那是、什麼……」

他聽到了驚呆的說話聲。

是明晰，他還在看上空。

奧坎也嘶鳴起來。

奧坎可是珂璉之崗上數一數二的勇敢馬兒，然而此刻牠卻在害怕，轉身想要回到森林。明晰險些落馬，慌得手忙腳亂。至於初雪，牠早已開始往回逃。

「奧坎，冷、冷靜……唉，沒辦法吧。怎麼可能冷靜得下來。那到底是什麼、到底是怎麼回事……」

明晰同樣下馬，放奧坎自由。那兩匹馬都很聰明，等牠們冷靜之後就會跑回來吧。不過前提是，明晰與觀風要能活到那個時候。

是的，此刻面臨的狀況就是如此巨大的危機。

但同時，這也是一種奇蹟。還是說，這是一場夢呢？此刻跟明晰一樣，張著嘴巴看著天空的觀風如此想道。

「奇羅那！」

耳邊傳來樓陀羅的呼叫聲。

上空那道身影看起來像是朝著樓陀羅逐漸降低高度。觀風不自覺地起步奔跑，打算趕到樓陀羅的身邊。或許他是想保護樓陀羅，又或許不是如此，單純只是想前往樓陀羅的身邊。觀風沒有餘力去思考原因。

在上空滑翔的那道身影，距離他們越來越近了。

那不是鳥。牠的體型實在太龐大了。

牠比大黑還要……不，兩者根本無法相比。那是傳說中的神鳥——迦樓羅嗎？

迦樓羅真的存在嗎？

牠背對著太陽在空中飛翔。由於光線太強，肉眼難以掌握牠的全貌。

「奇羅那！叩！叩！」

樓陀羅開心地大喊。如此看來，至少可以確定牠不會危害他。而且，樓陀羅剛才說「朋友來接我了」。

牠從上空進逼而來。高度又下降一些，總算看得見牠了。

終於能夠辨識牠的形體了。

「不會吧……」觀風聽到明晰這麼說，至於他自己則是連話都說不出來。過於龐大的影子落映在地面上。

此外還有風壓——為了減緩著地的衝擊，牠扇動翅膀颳起了強風。現場塵土飛揚，觀風抬手擋在面前以保護眼睛。外套下襬啪沙啪沙地亂抖，頭髮也被吹得亂飄。

眼睛很痛。風將塵埃吹進眼睛裡，感覺很痛。

但是，自己非看不可、非親眼確認不可。觀風拚了命地眨著眼睛。

最後，觀風那雙泛淚的眼睛終於看到了牠。

看到了塵幕的另一邊，那隻降落在大地上、低著頭、用巨大的嘴磨蹭樓陀羅的生物。

「奇羅那、奇羅那，謝謝你來接我！明明不知道我何時回來……你卻還是每天都到下腳地偵察嗎？」

那隻生物「咯咯！咯咯！」地叫著，看上去像是很高興能夠見到樓陀羅。

「……翼龍……」

觀風衝口而出的是，一個令人難以置信的名稱。

據說那是很久以前曾存在於這個世上的生物。

在比迦樓羅神話的時代還要久遠的以前；在珂璉人與順英人尚未誕生、甚至連人類本身都不存在的那個時代；在植物與動物的模樣都跟現在不同的那個時代……龍曾是大地上其中一種繁盛的生物。雖然有紀錄顯示，從前曾有人發掘出封在石頭裡的骸骨，但是並未留下實物，只有幾張圖片保存至今。如此一來這就跟神話或童話沒什麼兩樣，因此過去都認為這種生物並不存在。

每走一步地面就會跟著晃動的……巨大的地龍。

一旦激怒牠就會令河川氾濫的……水龍。

以及，擁有不同於鳥類、像膜一樣的翅膀，於天空破風翱翔的……翼龍——

銀白色的身軀；細長的脖子；巨大的嘴巴。

頭部有雞冠形的突起……牠的模樣跟自己看過幾次——正確來說是許多次——的想像圖十分相似。觀風曾在少年時期，對這種翱翔於天際的龍情有獨鍾。

或許很久很久以前翼龍真的存在、真是這樣就好了……年少的他如此幻想著。

自己是從何時開始不再相信呢？

這麼巨大的生物不可能飛得起來。這麼說的人是祖父嗎？還是父親呢？

「這是現實嗎……？我們是不是吸食了什麼有害藥草啊……？」

往旁邊一看，明晰已一屁股坐在地上。觀風的膝蓋也快要發起抖來。

「牠是奇羅那！名字的意思是『光線』！」

樓陀羅以充滿活力的聲音介紹翼龍。由於彼此相隔一段距離，他扯開嗓門對著兩人喊道。

「牠是聚落裡體型最大、速度最快、最勇敢的伽妻多，也是從很久以前就一直陪伴我的好朋友！」

他用拳頭摩擦著翼龍的黃色大嘴，語帶自豪地說。「伽妻多」這個名詞是指翼龍吧。

奇羅那的喉嚨發出了「叩叩叩！」的奇妙聲音。看來摩擦嘴巴會讓牠覺得很舒服。這個行為跟摩擦小小的下巴是一樣的意思嗎？

「這就是我的祕密。你們一直都誤會了，其實我根本不是森林之民。」

「該不會，牠……奇羅那要載著你飛回去？」

明晰終於站起來，如此問道。

「當然。」

樓陀羅面帶笑容回答。

「喂，這不是夢吧？」明晰嘆了一大口氣後看著觀風問道，觀風喃喃地回答：「應該不是。」

「我們住在都是岩石的高山上，不過雪季來臨前會下山到森林避雪。其他季節也時時都需要森林的資源，所以我們跟森林之民有往來。聽說這個下腳地附近的聚落換了頭目，我便以少頭領的身分前去打招呼，但……看樣子新頭目不想跟我們和平相處。我差點變成人質，於是跟他們打了一架逃了出來。」

「然後，你就在被他們追趕的過程中，跑出森林來到順英人的村莊？」

明晰這麼問，樓陀羅點頭答道。

「我在逃跑的過程中迷了路，在森林裡繞了三天，結果不知不覺走到順英人的村莊附近。我想處理箭傷，便跑進沒有人在的民宅裡。離開那棟民宅時腳步已相當不穩，所以我才會不慎踩中捕獸陷阱……之後的事就如你們知道的那樣。」

「是啊，我知道得可清楚了。你被順英之民抓住，觀風將你收容在他家，我們三個人合力幫你洗澡你卻奮力反抗，還裝成語言不通的樣子吃著瑪德蓮，後來秩序把你擄走，這回換觀風跑去大鬧一場把你搶回來。」

「大鬧一場？」

已」。

不曉得事情始末的樓陀羅看著觀風。觀風僅輕描淡寫地回了一句「稍微而

「那哪叫稍微而已啊。唉，連我都被你擺了很大一道，不過……」

明晰往前走了幾步，稍微縮短他與翼龍的距離，然後仰望著那龐大的身軀說：「既然能親眼見到牠……我就沒有任何怨言了。」

觀風也有同感。

他抹去臉上的塵土，重新注視奇羅那。

多麼壯觀的生物啊，誠然就是空中的霸者。體型如此龐大，可之前竟然都無人發現牠們的存在。翼龍們多半是曉得，要掌握光與雲的狀態，飛在珂璉人與順英人他們看不到的位置吧。

即使難得一次有人看見牠們的身影，目擊者也只會把牠們當成「傳說中的神鳥」。就像以前，小陶也曾經這麼說過。

奇羅那猛力抬起長長的脖子。

咔！咔！咔！吭——

牠發出獨特的叫聲，震動著周圍的空氣。森林裡的鳥類同時鼓動翅膀，啪沙啪沙地逃離這裡。

「我得走了。」

樓陀羅注視著觀風這麼說。

觀風邁開腳步。

他緩慢且安靜地走近樓陀羅，以免驚嚇到翼龍。

當觀風來到近前時，翼龍的喉嚨深處發出了「咯咯咯！」的聲音。樓陀羅見狀便說「不要緊的」，安撫這位巨大的好友。也許那種叫聲代表了警戒。

觀風來到觸手可及的距離，但他並未伸手碰觸樓陀羅，只是凝視著對方。

「我不會告訴任何人。你就放心回去吧。」

觀風這麼說後，樓陀羅點了個頭。

那張毅然的臉龐上看不到離別的悲傷，這樣反而令觀風安心。他還年輕，一定很快就會把觀風當成回憶吧。這樣就好，觀風也希望如此。跟心愛之人分離的痛苦，觀風一個人承擔就好。

觀風將手指探進自己的上衣領口，取下平時戴在身上的項鍊。那是一條並不花俏，不過作工精巧細膩的銀鍊，吊著同樣為銀製的鴿子墜飾。

「就送給你未來的妻子吧。」

他將這條項鍊遞給樓陀羅，並且這麼說。

雖然觀風覺得自己是面帶微笑的，但他不確定自己有沒有成功笑出來。

樓陀羅收下項鍊，目不轉睛地看著放在掌心上的鴿子墜飾好一會兒，最後他將項鍊戴到自己的脖子上。

銀鴿在心臟附近晃動，他以手掌按住墜飾。那副低著頭的模樣看起來亦像是強忍著心痛，不過應該是觀風自己想太多了吧。

「你救了我一命。我要向你道謝。」

抬起頭後，住在山上的少頭領這麼說。

道別的時候，娑門必定會跟對方說「願如來保佑你」。但是，觀風覺得此刻並不適合使用這句話。因為樓陀羅並非皈依如來者，而且昨晚觀風自己也抗拒不了娑門不該有的慾望。最要命的是，他一點也不後悔做出這種事。

「願你幸福。」

最後，他只想得到這句平淡無奇的道別話。

明晰則在稍遠處對樓陀羅道了聲「保重」，接著又補上一句「偶爾也可以來吃瑪德蓮喔」。

「我也很想，但應該很難吧。」樓陀羅面露苦笑回答他。既然如此，今天果真是最後一次見面了。

樓陀羅拍拍翼龍的脖子，牠便將頭低下來，方便樓陀羅騎上去。

脖子根部看得到兩個絕妙的凹處，凹處之間則隆起。作工精美的鞍子，就是巧妙利用這個部位來安裝。

樓陀羅轉身背對著他們。

考量到翼龍起飛時的風壓，觀風離開那裡，回到明晰所在的位置。

內心深處發出了某個東西受到擠壓的聲響，此外還感覺到明確的疼痛。為了撐過那種感受，觀風仰望天空。

這裡十分開闊，因此不難觀察天空。

雲流動得很快，上空的風勢應該很強。相信這隻翼龍一定會靈巧地御著風，將心愛之人帶回故鄉吧。

這時，耳邊傳來「唰！」的一聲。

樓陀羅跑了過來。

那雙朝霞色的眼眸直視著觀風。銀鍊隨之擺動，閃爍著光芒。

觀風張開雙臂。兩條手臂幾乎是不自覺地、很自然地張開。

樓陀羅就這麼撲進觀風的懷裡。他就著這股衝勁，踮起腳跟，親吻觀風。他的唇，疊上觀風的唇。

當下觀風頗為吃驚，但他隨即毫不猶豫地抱緊樓陀羅。無以名狀的情緒湧上心頭，似乎就要衝破肋骨滿溢而出。觀風深刻體認到，自己究竟有多麼渴望這個吻。

「尤安，你是我的阿邇達。」

樓陀羅移開嘴脣後這麼說。

「除了我以外，你再也不能跟其他人接吻。知道了嗎？」

「……知道了。」

「我同樣不會跟其他人接吻，不讓其他人碰頭髮。我也不會娶妻生子。」

「……樓陀羅，你……」

樓陀羅再度吻了上去，堵住觀風的嘴。雖然這個吻既幼稚又生澀，仍舊令觀風心潮澎湃，感動得快要落淚。

「別忘了。樓陀羅是尤安的阿邇達，尤安是樓陀羅的阿邇達，我們兩個人是一體。即使肉體分隔兩地，這一點也不會改變。絕對不會改變。」

「……我不會忘記。」

觀風如此發誓。

不是對如來，也不是對風，而是對自己發誓。與此同時他也發現，那是約束力最強的誓言。

「我走了。」

樓陀羅離開了觀風的懷抱。

方才擁著他的空間，突然化為巨大的空虛。但是觀風明白，自己不可以阻止他。樓陀羅應該返回故鄉；應該飛上天際。

少頭領不再回頭。他靈活利用收折起來的翅膀關節，以相當輕巧的動作騎在奇羅那身上。

然後將手伸向衣領，解開上衣的綁繩。他脫掉上衣，把袖子綁在腰上。

當陽光照射到赤裸的上半身時，樓陀羅的膚色起了變化。皮膚的顏色，明顯變得不一樣。

觀風不禁懷疑自己的眼睛。

怎麼可能，他又不是會變色的蜥蜴——觀風從未聽過，人的皮膚能夠瞬間變色。

自己摸過好幾次的、樓陀羅的背部。

那片光滑、偏厚、看似不易受傷的背部……正散發著鮮明的藍色光彩。

而且藍色之中處處摻雜著綠色，彷彿鑲滿了琉璃、藍剛玉、藍瑪瑙、孔雀石、金綠玉等各種寶石，色彩美得宛若奇蹟。看上去也很像以前，觀風曾在森林裡見過一次的寶石蝶羽翅。

咚！某個東西撞到了觀風的肩膀。

原來是一旁的明晰，他看得目瞪口呆，腳步不禁踉蹌了一下。

「珂璉人啊，地上之民啊，山崗上的居民啊，受你們照顧了！我乃岩山的少頭領，是唯一能以伽婁多為友的部族——擁有青背能夠自在飛翔的天空之民！」

天空之民。

啊……怪不得哪。

觀風恍然大悟，徹底想通了。

樓陀羅在極為憤怒時，露出的那種燃燒著熊熊怒火的眼神。

原來那是擁有自由者的自尊心。

他是不該被束縛在城市、森林乃至地上的——天空之民。

是猶如背負著蒼穹一般、擁有美麗青背的男人。

「啫啪！」

這般尖聲高呼的同時，樓陀羅拍了一下奇羅那的脖子。他是在對奇羅那下達「飛吧」的指令吧。

那麼龐大的身軀有辦法起飛嗎？直到現在觀風仍不敢置信。若是鳥類，體型越大越需要從高處起飛。雖然大黑可從平地飛起來，但需要費很大的力氣，因此牠鮮少這麼做。

然而令人驚訝的是，奇羅那不必靠風起飛。

牠一面前後擺動那對獨特的翅膀，一面邁動雙腳跑了起來。

後腳雖然很短，卻意外地強壯有力。牠就像在鏟地一般「唰！唰！」地奔跑，接著雙腳一蹬、翅膀往前猛力一扇——

「……唔喔……」

與此同時，明晰發出一聲驚嘆。

奇羅那張開翅膀。

牠用力拍動翅膀，颳起了一陣強風。風壓強到膝蓋必須使力才能站穩。展開的翅膀長度令人瞠目結舌，飛行速度更是超乎想像。觀風覺得樓陀羅似乎回過頭望著這邊，可惜他已飛到觀風看不清楚的高度了。

起初破風而飛的奇羅那，不久就找到可乘之風，悠然展開雙翼穩定地飛行。

牠越飛越高。

越飛越遠。

就這麼離開了。

觀風將手伸了出去。

就像孩子想摘下遙不可及的星星一般，將手伸向天空。

第六章

大會堂的娑門大會

若問觀風，亦即尤安·法爾科納是個什麼樣的人，最清楚答案的人一定是自己——一直以來，明晰都是這麼認為的。

他們是從小就認識的玩伴與學友，成為見習娑門時亦是室友，總之兩人一起度過了很長的時間。

明晰也知道小時候的觀風喜歡吃泡過牛奶的餅乾，還知道觀風現在仍會趁沒人看到的時候拿餅乾泡牛奶。明晰也曉得觀風會跟飛禽走獸乃至昆蟲說話，卻不擅長與人類對話，此外也曉得觀風雖然對人沉默寡言，卻不是個冷漠的人。

他是個奇特的男人。

大部分的人——當然包括娑門在內——要展開某項行動時都會計較得失，

但觀風不會這麼做。重視朋友、尊敬前輩、幫助弱者，這些對他而言都是天經地義的事。由於觀風行動時總是面無表情、態度淡漠，故看在他人眼裡就彷彿不帶感情似的，然而這其實是誤會。

法爾科納家原本就有著「缺乏情緒起伏」這項特徵。

不過明晰推斷，這種特徵除了來自於遺傳的素質，環境因素應該也有很大的影響。

法爾科納家是出了許多優秀的【觀風】與賢者的名門望族，非常注重理性。這樣的家族若是歷來都教導孩子控制情緒不要表露出來，會養出不善於表達情緒的孩子也是不無道理，而這個孩子有了子女後，同樣會這樣教育孩子，於是就形成了每個人都面無表情的惡性循環。

事實上，觀風年紀很小的時候一樣有喜怒哀樂。

明晰搶走餅乾時他會生氣，他也曾在疼愛的狗兒死掉時嚎啕大哭。

可是，這些都是四、五歲之前的事了。

而且當事人似乎不記得了。無論明晰說了多少次觀風就是不相信，因此有時讓他很惱火。

到了失去父親的少年時期，觀風已差不多學會如何維持一號表情。

也因此才會出現「美麗石像」之類的綽號。

想必大多數的人都以為，這個綽號取自「如石像一般美麗，如石像一般面無表情」吧。其實那是誤會，但因為這個誤會與他的形象莫名吻合，最後就積非成是了。

觀風戴著一頂名為理性的冠冕。

理性固然是人不可或缺的東西，但觀風那頂理性冠冕實在太重了。由於觀測天候是他的工作，這男人總是看著上方，然而內心卻始終低著頭，對一切淡然處之、任它過去。

而且戴在身上的不只冠冕，還有當事人看不到的腳鐐。

那副沉甸甸的腳鐐，則是當上賢者卻自盡的父親。兒子打算成為了不起的賢者，好讓父親失去的人生重新來過。麻煩的是，這是出於潛意識的行為。

由於當事人自己毫無所覺，就算明晰點出這項事實也只會遭到忽視吧。明晰的好友，就這麼成了一個看破紅塵、超然物外的男人。

但是。

名為命運的偶然，有時會帶來意想不到的發展。

「到底發生了什麼事？」

瞪大雙眼驚訝地詢問明晰的人，是他的另一位好友——治癒。

明晰與觀風剛回到位於珂璉之崗的觀風家，治癒就立刻過來拜訪。他很擔心瑪德蓮……樓陀羅是否平安無事地回到故鄉吧。

然而，一見到觀風的樣子，治癒就很明顯地露出驚訝與困惑參半的表情，當觀風說要換衣服而暫時離開後，治癒隨即大步逼近明晰這麼問道。由於他身材高大，給人的壓迫感自然也不小。

「還能有什麼事……瑪德蓮平安回去了喔。」

明晰在觀風家的會客廳裡，喝著幾日不見的小陶所泡的藥草茶，如此回答治癒。這杯用來消除旅行疲勞的茶，散發著溫和的薰衣草香氣，讓人忍不住深呼吸。坦白說，他實在是精疲力盡了。

「雖然中途發生了意料之外的插曲，不過他最後仍然順利回去了。還有，聽說他的本名叫做樓陀羅。他說可以告訴你，還說很感謝你。」

「樓陀羅。這樣啊，是個好名字。說什麼感謝呢，我什麼忙也沒幫上呀……話說回來，觀風發生什麼事了？為什麼身上會帶著那種顏色的氣場？」

「……他的氣場改變了嗎？」

治癒大力地點頭。

治癒看得到環繞在人體周圍的氣場。但氣場似乎不是隨時都看得到，只有在生病衰弱等人體出現極端變化的時候才感知得到。

「變成什麼顏色了？」

「氣場很難用詞彙形容……如果要說比較接近的顏色……大概就是我們【迎春】時的色調吧……」

這同樣是很久以前的事了。

「迎春」是珂璉男子十九歲時舉行的儀式。珂璉人會在這個時期出現第二性徵，進入青春期。

同齡的順英人這時大多早已有了子女，反觀珂璉人的身體發育至成人的速度則慢了一點。而老化的速度更慢，於是他們的壽命就變得很長。至於「迎春」要做什麼呢？具體來說就是被長輩帶去名為「煙花館」的妓院。在那裡，順英娼妓會教導他們有關女人身體的事。該做的事、做了會令對方愉悅的事、不該做的事、絕對不能做的事——這些事順英娼妓都會仔細地指導他們。

「那個時候的我們，該怎麼說呢……儼然就是春天來臨了吧？」

「是啊，那個時期滿腦子只想做愛。」

「明晰，拜託你挑選一下措辭啦。而且那個時候，我們不只有肉體上的衝動，還很熱衷於談戀愛對吧？」

「就是啊。我在五年內喜歡上三十七個人，並跟其中十九個人交往，然後被十八個人甩了。」

這是帶有感情的戀愛對象人數，若是一夜情人數就更多了。雖然沒有明說，不過治癒的對象應該也不少。

珂璉人總是在為人口減少的問題而煩惱，因此他們也很樂意接受非婚生的孩子。此外對珂璉人而言，當女性主動邀約時，男性若拒絕對方是很沒禮貌的行為。然而就算開放到這種程度，孩子仍舊沒有增加，這就是他們目前面臨的狀況。

「你還記得那個時候的觀風嗎？當時他的容貌仍殘留一點少年的青澀，實在美得宛如奇蹟對吧？他好像只去過一次『煙花館』，不過名門千金、千金的母親還有外祖母……總之邀他共度春宵的女性人數多到令人咂舌，堪稱傳奇……不消說，觀風當然都赴約了……只是態度很冷淡。」

「是啊，很冷淡。」

真的就是這樣。

珂璉人向來以「幫花澆水」來隱喻造訪女性的香閨，而觀風真的就是一副給植物澆水或修整庭院似的表情，冷淡地赴約，又冷淡地返家。

「我想起來了。他那樣的態度居然沒傳出壞名聲，當時總讓我莫名火大。」

「不僅沒壞名聲，大家反而對他讚譽不絕……不過那倒是沒關係啦。總之，當時觀風生理上確實迎來春天，可是卻看不出有哪個人擄獲了他的心。」

「要是有這樣的對象，肯定會轟動珂璉社交界吧。」

視情況，觀風還有可能就當不成娑門了。因為擁有伴侶的人會留在世俗，為娑門提供援助。

「到了【迎春】的時期，人的氣場會產生變化。尤其是遇到令自己身心著迷的對象時，氣場的色調……簡單來說，就是春天的顏色。金燦陽光灑瀉而下，百花齊放，芬芳馥郁。而年輕人被自己的情緒與衝動所擺布，感到不知所措與焦慮，不過幸福感同樣強烈到令人顫抖……總之就是這樣的色調。」

「你是說，現在的觀風帶著那種氣場？」

「不完全相同，但很接近。」

「這個年紀面臨第二次的【迎春】？」

明晰當下心想「怎麼可能」，但隨後越來越覺得莫名地合理。觀風對樓陀羅展現的眼神、話語、行動……這一切不就是在表達這項事實嗎？

——這個人是自己的最愛。

——這個人的存在，對自己而言是無上的喜悅。

而且，這可是觀風有生以來頭一次的經驗。一百零八歲的初戀……未免太晚熟了吧！明晰在心中如此吶喊，因為他不能將觀風與樓陀羅的關係告訴治癒。

然而——

「是那個孩子改變了觀風呢……」

聽到治癒這句自言自語，明晰暗想：果然啊。這位格外敏銳的朋友，不可能沒察覺到這件事。

「有那麼明顯嗎？」

「沒有，該說不愧是觀風嗎，他一直壓抑著。儘管那種氣場仍舊滿溢出來，但只有我和極少數的人才看得見吧。」

「既然這樣，只要我們不說就沒事了吧。雖然娑門越軌犯戒也不是什麼稀奇事，畢竟觀風過去的表現都很完美……我不希望某些人察覺這件事。」

比方說秩序。他本來就不親近觀風，樓陀羅的事更害他顏面盡失。

如今秩序應該對觀風懷恨在心吧。雖然秩序還是個毛頭小子，畢竟他擁有面具這支軍隊，實在不能掉以輕心。萬一秩序抓住觀風的把柄，將他趕下賢者的寶座……對明晰而言這反倒可以說是令人開心的結果。不過，事情未必會這樣發展。因為照秩序的個性，就算他要求觀風受到更嚴厲的懲罰也沒什麼好奇怪的。

「……那兩人心意相通嗎？」

治癒如此問道，明晰一語不發點了個頭。

治癒見狀同樣沉默地露出微笑，像是在說「太好了」。

「不管怎樣，那兩人不會再見到面了吧。而且我們的朋友，再過不久就要以賢者的身分亮相了。」

「如來已宣布這件事了，阿迦耆的民眾很開心呢。觀風雖然態度淡漠，卻很有捨己為人的情操，順英人都很清楚這一點。」

「我也很受歡迎喔。」

「那麼你要成為賢者嗎？」

「死都不要咧。」

治癒聞言笑了笑，隨後像是想起什麼般突然滿面愁容。

「怎麼了？」

「得知觀風要成為賢者後，愛兒館的孩子們也都非常開心，不過……」

「孩子們怎麼了嗎？」

「有個孩子病倒了。就是最喜歡觀風的……小雪。」

明晰一聽皺起眉頭。

「接到通知後，今天一早我就去察看狀況。目前她發燒、有倦怠感、喉嚨痛……」

「感冒了嗎？」

「但是她並未咳嗽。她的喉嚨好像很痛，聽保母說，她連水果都不願意吃。」

「那個貪吃鬼居然不吃東西？」

這麼說的人不是明晰，而是不知何時回到會客廳的觀風。站在那裡的他已換好衣服，頭髮也請小陶整理過，再度恢復成無懈可擊的娑門面孔。

明晰看不見氣場，所以覺得觀風跟之前沒什麼不同。在湖畔休息時的放鬆態度，如今也蕩然無存了。

「是啊，就是這樣。退燒藥也不太肯吃。」

「連喝液體都覺得難受嗎？」

「她的咽頭發炎得很嚴重。目前讓她跟其他的孩子分房睡，還有保母陪著她……觀風？」

「我去看看狀況。」

觀風旋即轉身，離開會客廳。明晰追著那道背影，並在內心撤回前言。觀風跟之前沒什麼不同？哪有啊！

如果是以前的觀風，就算擔心也不會表現在臉上，更不會立刻跑去察看狀況吧。因為治癒已診視過了，觀風即使跑去那裡也幫不上忙。再者觀風專程前去探望，保母們還得費心接待他，這樣反而只是在給她們添麻煩——這些道理與理性應該會阻止他，促使他決定先暫時觀察狀況才對。

然而現在觀風卻沒有一絲猶豫，立刻決定前去探望小雪。因為決定這麼做的是他的心，而不是頭腦。

「喂，慢著。我也要去。」

「不用了。才剛回來這裡，你應該很累吧。」

「你不也一樣嗎？」

「好好好，不要吵架，大家一起去吧。」

最後他們接受治癒的提議，三人一起離開大宅。明晰仍是一副旅行的裝扮。

如果小雪出現發疹之類的症狀……明晰甩開不祥的預感，騎馬前往目的地。

愛兒館有一棟小別館。小孩子容易得到疫病，雖然大部分的疫病只要經過療養就能康復，但這段期間仍會傳染給其他孩子。為了防止這種情況，才會蓋一棟別館做為療養房。

小雪就住在其中一間療養房，嬌小的身軀躺在床上，看起來呼吸得很痛苦。

「燒沒有退下來。而且……啊啊，怎麼辦……我正想去通知您。治癒大人，請看。」

保母掀起小雪的寢衣，露出她的背部。一看到那片紅疹，明晰頓時寒毛直豎。

治癒察看完小雪的疹子後，喃喃吐出「……猩紅熱」這三個字，明晰聞言也心中一凜。

這是幼兒會罹患的疫病。

如果沒做適當的處置，有一半的機率會沒命。而適當的處置就是使用「珂璉的奇蹟」。因此，珂璉人的孩子不太可能因猩紅熱而喪命。沒錯，如果是珂璉人的話。

觀風默默無語、一動也不動地面向床榻。他略低著頭，目不轉睛地看著小雪。明晰無法從他的表情猜出內心的想法。

保母一面幫小雪穿好寢衣，一面用幾乎快哭出來的聲音說：「這孩子的生日還沒到。」也就是說，小雪目前才四歲，無法取得「珂璉的奇蹟」。

「……如果是抵抗力強的孩子，就能靠自己恢復健康。」

治癒的語氣少了平時的溫柔，反而帶了些許嚴厲，他在激勵保母不要放棄、要堅強地照顧生病的孩子。

「小雪是很健壯的孩子。我們就盡一切的努力，幫助她戰勝高燒吧。水盆要時時準備冰水，然後幫額頭、兩側腋下與鼠蹊部降溫。為了避免身體脫水，麻煩妳在熱水裡加入砂糖和鹽巴，放涼之後一點一點地餵她喝。」

保母壓抑內心的驚慌，點頭回答「好的、好的」。說不定她很清楚照顧病患的方法。因為很遺憾的，這棟別館去年也有個三歲的孩子死於猩紅熱。

「……接下來……我們一起祈禱，請如來保佑她吧。」

治癒說完便合掌，明晰同樣跟著默禱，保母也一樣。

雖然如來不會治病，但除了祈禱外他們還能做什麼呢？現在為了讓這名保母恢復平靜，他們只能像一般的娑門那樣做該做的事。

然而，觀風並未合掌祈禱。

他就像真正的石像那般一動也不動，讓人不禁要擔心他有沒有在呼吸——不過下一刻，他突然開口道。

「給我登記簿。」

「什麼？」保母轉動紅通通的眼睛，看向觀風問道。

「就是這裡的孩童登記簿，請妳馬上拿過來。」

「咦……啊，是。」

疑惑歸疑惑，保母還是走出了房間。在她回來之前，治癒曾問觀風打算做什麼，但他沒有回答。至於明晰則已猜到觀風要做什麼，因而著急地尖聲勸道。

「……觀風，打消那個念頭吧。」

觀風凝視著小雪，看都不看明晰一眼，也不回答他。

「不行，那是不可以做的事。別說是評議會，就連順英人都會譴責你的。我明白你的心情，但這件事絕對不能做。」

「……你明白我的心情？真的嗎？」

觀風終於有反應，但他卻這麼反問，明晰頓時答不出來。

「我不懂他人的心情。不只如此，長久以來我連自己的心情都不懂。可是，現在我終於……明白了。這不是我自己的想法，也不是理性，而是我自己的心情。雖然我認為心情這種東西必須受到一定程度的控制，但……」

觀風終於看向明晰，接著也望向治癒。

「抱歉，現在的我做不到。」

他以些許自嘲的語氣，對兩位朋友這麼說。

明晰第一次見到，觀風露出這樣的表情。明晰一向自認很瞭解觀風並引以自豪，此刻卻體認到事實並非如此。沒錯，虧他還是頭腦明晰之人，居然如此粗心糊塗。因為觀風這男人太過穩定、太過淡漠，以致他忘了這件事。

他忘了，人是會改變的。

不光是人，這個世界的一切都在變化。一如世上不存在兩片完全相同的天空，萬物總是持續不斷地變化。而人也包括在其中，如此罷了。

所以觀風也變了。接下來他要做的是，之前的他絕對不會做的事。

「觀風大人，是這本簿子嗎？」

保母回來了。

觀風收下頗厚的登記簿，檢查之後點頭應答。接著面向明晰，倏地伸手攤掌。明晰見狀嘆了口氣，並將手探進懷裡。明晰的這位朋友當然曉得，他旅行時一定會隨身攜帶筆和記事本。

「呃，難不成……」

這時治癒才發現觀風的意圖。他趕緊遮擋保母的眼睛，著急地說：

「不可以看，否則妳也會成為共犯。」

但是，觀風手握著筆，以冷靜的語氣表示「看到也沒關係」。

「因為這裡的保母們什麼錯也沒有，她們只是聽從我的指示而已。好，這樣就行了。」

觀風將登記簿還給保母。當然，內容已跟原本的不同。保母注意到變更過的那一頁，登時愣在原地，隨後哆哆嗦嗦地發起抖來。

「這……這是……」

記錄小雪生日月份的地方，清清楚楚地畫了一條訂正線。

而那條線上，寫了一個新的數字……上個月的月份。這樣一來，登記簿上的小雪就滿五歲了。

「動作快。現在就立刻去領取『珂璉的奇蹟』。」

觀風將登記簿遞給驚慌到一句話都說不好的保母。

「如果對方看了這本登記簿後說了什麼，妳就這樣回答他：『這是賢者大人親手修正的。如果不承認這本登記簿，就等於是否定賢者大人。』……對了，治癒，如果有你陪她一起去就更讓人放心了。」

「這……秩序不會坐視不管喔……」治癒一臉驚呆地說，觀風輕輕點頭，回答他「我知道」。

「我會先被關進塔牢裡吧。看來又要暫時見不到小小了，我想在離開前先餵牠吃頓飯，就先告辭了。」

觀風的語氣還是一樣冷淡。

雖然這點依然如故，但那種大膽無畏的態度又是怎麼回事呢？明晰在內心對著樓陀羅大喊：帶給觀風如此大改變的人可是你啊！

離開房間前，觀風再一次靠近床榻。這回他彎下身，小心翼翼地靠近以免自己的銀髮掃到小雪的臉，然後注視著發高燒而囈語的稚幼臉龐。

「小雪，聽得見我的聲音嗎？」

觀風摸著紅通通的臉頰，對著她說話。

「妳是好孩子，要加油喔。藥馬上就送來了，妳一定會好轉的。妳是由我取名、由我決定生日的孩子，所以一定會康復。快點恢復健康……吃妳愛吃的布丁塔。」

最後，他用略微顫動的聲音附上一句：「我的那一份妳也可以吃掉沒關係。」

幾天後，齊聚在如來之塔的娑門多到擠不進大會堂。

雖然大會堂比評議會所用的會議室更為寬敞，但座位還是不夠坐。因為這次不只低階娑門，連見習娑門都被召集過來，座位當然會不夠。如果進不去就只能在外面等了。而且眾人彷彿把「寡言是美德」這一教誨忘得一乾二淨似的，到處團團包圍。矗立在珂璉之崗上的白塔，遭身穿暗紅色服裝的低階娑門都有人交頭接耳、竊竊私語，那嘰嘰咕咕的嘈雜聲亦像是風掠過湖面時的波浪聲。但跟波浪聲不同的是，那聲音聽起來一點也不優美，反倒令明晰心焦氣躁。

明晰是從窗口望著那幅景象，故沒辦法聽清楚他們在講什麼，但是內容不難想像。

破戒者；褻瀆者；使娑門蒙羞之徒。

叛徒；珂璉人的公敵；沒資格擔任賢者；必須嚴格處罰。剝下他的袈裟、拔掉他的銀髮、將他扔到森林裡——秩序也許就會這樣說，不過他似乎還沒來。

那麼，今天的主角又是如何呢？

明晰移動目光。

只見觀風半瞇著灰藍色眼眸，靜靜地佇立在大會堂的前方。完全看不出來他在想什麼。

大會堂裡設有排成弧形的白石座位，此刻坐滿了擁有天職的高階娑門及其下屬。

簡直像是在玩顏色分類遊戲哪，明晰心想。

高階娑門上半身穿的是褊衫，下半身則穿裙。

褊衫為白色，不過領口與袖口的飾邊採用各自的專屬色與圖案。而下屬們的衣服，則與前者的飾邊同色。

舉例來說，【基礎娑門】的飾邊為鐵色。

飾邊上繡有石鎚的圖案。因此，其下屬的衣服為鐵色。這個部門需要大量人手，因此下屬人數最多。雖然基礎與明晰是朋友，不過他在這裡應該會堅守中立立場吧。基礎一臉嚴肅地坐著，刻意不看觀風那邊。

呆呆地坐在角落、有點駝背的那個人是【記憶娑門】。

褊衫的飾邊是讓人聯想到皮革的麥芽糖色，上面繡有羽毛筆、手與眼睛的圖案。下屬人數跟書庫數量一樣，總共五名。昨天他陪明晰熬了一整夜，此刻看起來似乎也很疲倦，不過他平時就呆呆的，因此明晰有點難以分辨他是否真的很累。

一臉擔心地注視著觀風的人，是舊友【治癒娑門】。飾邊的顏色是代表藥草的艾草色，刺繡圖案也是艾草。下屬約十名。

【萌芽娑門】為鮮豔的嫩草色飾邊，綴上麥穗的圖案。下屬人數頗多，而且與觀風友好親近，每個人都露出擔憂神色。

【指導娑門】為淡桃色飾邊，綴上小花的圖案。他的下屬很少，只有三人。

至於【秩序娑門】，則穿著有黑色飾邊的徧衫走進來，刺繡圖案為天秤。跟在他身後魚貫而入的下屬全都臉戴面具身穿黑衣，人數眾多，不過增減幅度也大。

一對上明晰的目光，秩序便露出淺笑。

他有著蜂蜜色的頭髮，以及少女般的容貌。對如來的信仰格外虔誠，但個性死板、視野狹隘、缺乏寬容。畢竟他還年輕，今後或許能成為一位好娑門，但也可能讓人白期待一場。

占據最前排座位的那些人是【長老娑門】。

這十位長老都是年紀超過一百五十歲的長壽珂璉人，他們沒有下屬，以大長老為領袖。他們的徧衫為暗灰色與亮灰色的條紋花樣，沒有飾邊。雖然長老們不從事實際的業務，單純處於顧問的立場，不過發言的影響力很大。負責主持這場娑門大會的人，就是大長老娑門。

大會堂的最後方，有幾個人一動也不動地站在那裡，看上去宛如一尊尊人偶。

第一次參加娑門大會的年輕娑門，不時以驚懼的眼神偷瞄他們。這幾名娑門就是如此鮮少出現在眾人面前。

他們正是【無言娑門】。

住在醫術院的地下室、在地下室工作、在地下室過完一生的他們共有七個人，年齡各異，所有人都沒有頭髮。衣服並未染色，故呈現布料的本色，此外也沒有飾邊與刺繡圖案。【無言娑門】直接受命於如來，負責管理「珂璉的奇蹟」。此藥的製作方法是祕密中的祕密，因此他們都必須同意割去舌尖，喪失說話能力。

至於【明晰】自己，今天也是穿著非常正式、漿得筆挺的褊衫出席大會。飾邊為亮黃色，刺繡圖案為蕨類。雖然職務範圍很廣，不過明晰沒有下屬。雖說只要申請就能擁有下屬，但他覺得沒必要……更正確地說，他捨不得花精力與時間培養堪用的下屬。明晰認為每次有需要時，就暫時借用對該問題很瞭解的人物、有地緣關係的人物等這類人才，這樣做比較有效率。許多順英之民都願意不辭辛勞為明晰效力。順帶一提，看不慣明晰這種做法的娑門也不在少數。

擔任主席的大長老起身，走向講臺。

與此同時，大會堂安靜下來，所有的娑門都面向正前方，也就是觀風所在的方向。

只有觀風不是坐在以往的座位上。

他站在一處地面略低於周圍的角落，地上鋪著凹凸不平的粗糙石材，那塊石地板稱為「破戒石」。站在破戒石上的人必須赤腳，簡單來說這裡是違反戒律、引發問題的娑門所站的地方。

觀風沒穿褊衫，身上只穿著白衣與裙。由於這三天他都被監禁在塔牢裡，衣服上布滿了皺褶。雖然環境比秩序家的地下牢房好上許多，但牢房裡只有一張石床與一條毛毯，餐點則是很稀的湯配上硬邦邦的麵包。

照理說以那副模樣站在破戒石上，應該會散發出遭到問罪的悽慘氛圍，可是……那道身影卻不帶一絲脆弱。灰藍色的眼眸略微垂下，不知來自何處的微風吹得銀髮輕柔飄揚。此刻的他依舊是個美男子。

「那麼……」大長老娑門以有點沙啞的聲音開口道，「我的道友們，與如來同在的諸位啊，此次召集……」

「為什麼賢者會站在破戒石上？」

明晰立刻發問，打斷大長老的開場白。無論討論還是吵架，最重要的就是先聲奪人。

「什……」

「必須站在破戒石上接受審判的，只有娑門。如果是娑門，無論位階多高，一旦破戒就必須站在那塊石頭上。可是，賢者不同。」

明晰搶在大長老責備他之前起身，緊接著這麼說。他很努力發出足以響徹大會堂的宏亮聲音。

「娑門不能審判賢者。」

當他斬釘截鐵地說完這句話後，長老這才終於回答：「明、明晰啊，觀風還不是賢者。」

「不，我的老朋友已經是賢者了。」

見明晰如此堅持，大長老一副無奈的樣子緩慢地搖了搖頭。塞滿大會堂的其他娑門也是一開始很吃驚，但現在絕大多數的人都一臉呆愣。

「明晰啊，你是因為好友觀風站在那塊石頭上而心慌意亂吧。冷靜下來，仔細聽我說。我確實耳聞，觀風在出行到森林之前，已向如來立誓會成為賢者。但是，向民眾介紹新賢者的初出之儀尚未舉行。」

「報告大長老，根本沒必要舉行初出之儀。」

「你在說什麼傻話……正因為有初出之儀等儀式，才能向所有的珂璉人與順英人介紹新賢者不是嗎？」

「我明白您的意思了，要舉辦儀式也無妨，但那是當上賢者後才要執行的事。判斷某人是否為賢者時，必要條件只有一個——向如來立誓，而觀風已完成這件事了。」

「那只是所謂的口頭約定吧？」

「長老說得沒錯！」

從座位上站起來、以年輕的嗓音表示贊同的人是秩序。秩序起身時，身穿黑衣的面具們也霍地一同起立，一股獨特的壓力頓時籠罩現場。

「必須穿上象徵賢者的袈裟、佩戴修多羅，在所有的珂璉人與順英人面前亮相，其賢者的身分才能得到承認。在此之前他仍舊只是一名娑門，更遑論做出那種荒謬絕倫的行為後，站在這裡接受究責也是理所當然的吧。」

「救助順英人的孩子，是荒謬絕倫的行為嗎？」

明晰這麼問，秩序從容不迫地回答「正是」。

「即便是出於慈悲之心，那也是不被允許的行為。未滿五歲的順英兒童不得使用『珂璉的奇蹟』，這是律法的規定。很遺憾的，過去也有孩子因為得不到藥而死去。觀風所做的事，正是破壞秩序的行為。」

「……關於這件事。」

治癒緩慢地站起來。

那道身影依舊落落大方且優雅，不過昨晚他應該也沒怎麼睡才是。治癒接下來要宣布的內容，會使這個事態更加紛亂。但是，這位拘謹的朋友卻毫不畏懼地接下這項任務。

「我們已收領新賢者的新任諭令。在此就由負責維護民眾健康的本人治癒，向各位正式宣布——關於『珂璉的奇蹟』，其年齡限制必須廢除。」

治癒的一名下屬起身，恭敬地拿著記載諭令內容、捲成筒狀並以蠟封緘的文書，走出去要交給大長老。

「慢著！為什麼擅自頒布諭令！現在根本就沒有新的賢者！您說是吧，大長老！」

秩序提高音量，長老也對治癒的下屬說「慢著慢著，你先止步」，將他攔住。下屬瞥了治癒一眼，見他點頭便停在原地。

「怎麼回事？不只明晰，居然連治癒都藐視律法……」

「不，大長老，我並沒有藐視律法。新賢者要下一道諭令做為上任的象徵。而這道諭令，所有的娑門都不得拒絕……我們的律法是這麼規定的。」

「不用你說我也知道，但那是指成為賢者之後的情況。我再說一次，觀風還不是賢者。就算明晰強詞奪理也改變不了這項事實。唉，觀風啊……我一向認為你是個明白事理的人，可這是怎麼一回事？」

長老這麼問後，觀風這才開口說「回長老的話」，並且低下頭。銀髮滑順地垂落而下。

「若問我是否明白事理，說來慚愧，答案是否定的。從前我也以為自己多少明白事理，但這種錯誤的自以為是才是真正可恥之事。我依然只是個不知自己為何人、總是迷惘與張皇的愚者。而且……」

這時，觀風抬起目光，掃視大會堂裡的所有人。

「這個愚者，其實還想了另一道諭令，內容同樣是關於『珂璉的奇蹟』。捨棄幼兒與老人這兩者的年齡限制確實殘酷……可是，既然藥的數量有限，這麼做或許也是無可奈何的事。」

「你還是很明理的呀，」長老聞言點頭道。「未滿五歲的幼兒仍是上天的孩子，至於老人同樣是接近上天之人。與其隨隨便便減少祕藥，讓他們回歸天上才合乎自然的道理。」

「道理，是啊，道理很重要。而且道理必須完美才行。畢竟有了瑕疵，那就不能再稱為道理了……若要讓『珂璉的奇蹟』的年齡限制成為完美無瑕的道理……那麼珂璉人也必須適用這項限制才行。」

觀風這席話，立刻令現場鼓譟起來。

這是當然的。因為在場的這些娑門、這些珂璉人大多超過百歲。如果接受觀風剛才的言論，今後就不能依靠「珂璉的奇蹟」了。那可不是與自己無關的小事。因為就算只是生鏽的釘子造成的小傷口，都有可能害自己死於破傷風。

「你、你在說什麼荒唐之言……那種祕藥原本就屬於我們珂璉人，我們是出於慈悲才將藥分給順英人。」

大長老激動地說，觀風聞言淡淡地回答：「請您也別忘了，我們珂璉人是靠順英人種植的麥子維持生命。」

「這件事和那件事是……」

「是一樣的。換言之，我們必須互相幫助，既然如此，『珂璉的奇蹟』就應該公平地分享吧。」

雖然觀風剛才說「兩者是一樣的」，但讓明晰來說的話，珂璉人才是處於劣勢的那一方。

因為，得不到祕藥而死的順英人，跟沒有麵包吃而死的珂璉人，兩者的人數根本無法相比。

只是順英人目前並未注意到這項事實罷了。還是說，他們隱約注意到了，只是沒有人說出來而已呢——

「那麼，各位決定怎麼做呢？要讓順英的幼兒與老人也能取得『珂璉的奇蹟』嗎？還是要讓珂璉的幼兒與老人也一併禁止使用『珂璉的奇蹟』呢？」

觀風以極為平穩的語氣這麼問，但大會堂早已沸反盈天了。

雖然絕大多數的人都氣憤表示不可能接受，不過當中也聽得到「我們應該要救助每一個孩子吧」、「難道藥不能增產嗎？」之類的意見。一直以來都流於形式的娑門大會，究竟已有幾十年不曾如此吵鬧過了？

「諸位，別忘了最根本的問題！」

年紀尚輕的秩序，聲音高亢又響亮。眾人一瞬間安靜下來。

「觀風根本就不具有頒布諭令的資格。因為就如同大長老剛才所言，沒舉行儀式的話就不算是賢者！」

這句話讓眾人重新看向觀風。

「正是如此，諸位道友啊，都冷靜下來吧。」站在講臺上的大長老乾咳一聲，撫著白鬍如此說道。「我也要再次警告觀風。不是賢者就不能頒布諭令，不得再發表無用的言論。」

「……大長老這麼說呢。」

觀風看著明晰，語氣平坦地說。

在這種有可能遭受嚴厲處罰的情況下，觀風的表情居然滿不在乎到令人覺得可惡。不過這也就意謂著，觀風是如此地信賴明晰。明晰在心裡回答他「好啦好啦」，看著大長老開口道。

「不好意思，請恕我再說一次，觀風已經是賢者了。把他關進塔牢裡反而才有問題。」

「頭腦明晰之人啊，這樣一點也不像你。即便是為了好友，你如此固執己見……」

「大長老，以及諸位道友，可否暫時閉嘴聽我把話說完？我們的壽命很長，這點時間應該還是有的。聽好了，初出之儀根本不需要舉行。這是因為，從前本來就沒有這種儀式。」

「居然說這種胡言……」

「吵死了，小毛頭。」

明晰不准秩序插嘴。

高階娑門並不習慣遭人當面辱罵，況且秩序的自尊心又很強，被明晰這麼一罵讓他氣到說不出話來。面具們氣憤地站起來，但明晰不理會他們繼續說下去。

「這件事只要翻閱古籍便能明白，想必在座優秀的道友們當然都曉得，不過……慎重起見，我還是為諸位說明一下吧。原本如來的教誨，與其說是宗教義更接近哲學道理。個人精神層面的鑽研是最初的起點，而所得的成果則用之於民。這是基本理念。當時娑門只是獨立的個體，但不久之後大家就為了更深入學習而聚集起來。接著又經過一段時間，逐漸形成組織。從這時開始，內部便出現了小規模的儀式，這些儀式被記錄下來、經過淬鍊，當中也有儀式遭到廢除……而演變成現在的形式則大約是在四百年前。如果上上任的大長老還在，此刻他應該會點頭肯定吧。」

「四百年……」大長老喃喃地說。

明晰繼續說明。

「先不說順英人，對珂璉人而言這個時間並不算太久遠。總之，從前的娑門知道，華麗的儀式能抓住民眾的心。尤其要讓順英之民皈依如來，這種做法更是效果顯著。賢者首次公開亮相，可以說是當中最熱鬧的儀式。但是，容我再說一次，這不過是四百年前才開始的事。那麼賢者呢？第一位賢者是何時出現的呢？沒錯，用不著我多說。賢者的紀錄，跟如來的紀錄幾乎是同時出現。也就是說，自古就存在向如來立誓的人。成為賢者不需要儀式的原因，各位都明白了嗎？」

眾娑門啞口無言。

越不用功的人表情越顯得慌張，多少看過古籍的人則陷入沉思。

「我……我才不會被捏造的謊言所騙。」

堅持不接受這番說明的秩序如此反駁道。

「既然你認為是謊言，不妨自己去調查。」

明晰聞言不客氣地這麼回答。

「只要到珂璉人引以自豪的書庫查閱百本左右的古老文獻，就會發現這是事實。諸位道友也請聽我說，昨晚熬夜看完這些文獻的我可以向各位保證喔。不過，我恰巧看得懂古代文字，所以閱讀速度快了一點……換作一般的娑門可能要花三個月左右的時間。至於文獻的所在位置，我也很樂意告訴各位。話雖如此，我記得文獻的內容，可保存地點就記不清楚了……不過沒問題，記憶娑門都幫我掌握得一清二楚。舉例來說……嗯──有關第三任賢者的綜合紀錄放在哪裡？」

記憶「嘿咻」一聲站了起來。起身後的他依然駝著背，一面重新戴好請玻璃師傅特製的夾鼻眼鏡一面回答。

「呃──……在舊書庫、第七區、第三十二列的上六。」

「那麼，可得知更詳盡的細節、由第三任賢者所寫的日誌保存在哪裡呢？」

「啊──……在奧書庫、第六區、第七列的中四。」

記憶有個習慣，當他要回想什麼時，總會抬起雙手在空中揮動。看上去就像是動作僵硬地擦拭著看不見的窗戶。

「此外，由服侍賢者的娑門所寫、可佐證日誌內容的個人日記，放在奧書庫、第十區、第二十列的下一，至於能夠瞭解該名娑門為人的、其私宅的出納紀錄兼日誌，則是放在嗯──嗯──對了，在原書庫、閣樓區、第三十四列的……」

「夠了、夠了。」

打斷他的人是大長老。

記憶點頭應了一聲「是……」，然後放下雙手，微微扭了扭身子再度坐回座位上。

「記憶真的幫了我很大的忙。畢竟我們的書庫藏書豐富，要找文獻的保存位置十分費事。」

聽到明晰這麼說，治癒點頭如搗蒜。因為書庫有好幾所，而且空間又大，光靠明晰一人根本不夠，於是便請記憶陪他們一塊找書。

「慎重起見，我從中選出幾本看起來很重要的文獻，帶了過來。」

明晰打了一聲響指後，一名見習娑門便抱著皮革封面的古書走進來。這些莊嚴的皮革封面古書每一本都很大本，見習娑門搬得搖搖晃晃。他重重地將古書擱在大長老的面前，行了一禮後隨即走出去。

「只要看過這些文獻，就能明白選定賢者需要什麼。當如來希望此人成為賢者，而此人也願意的那一刻，條件就已達成了。不需要儀式，只需要立誓……至於要立下什麼誓約相信在座的各位當然都知道吧，不過慎重起見，我還是再確認一下吧。那麼我的同仁——秩序，請說。」

突然被明晰點到名字，秩序嚇了一跳，不過他隨即抬起頭來回答。

「賢者要發誓，願意接受如來的所有智慧。」

「哦哦，不愧是秩序。」

「多謝你的誇獎……不過，你這是不打自招呢，明晰。這個誓約其實已表明了一切不是嗎？接受智慧、擁有智慧的人才能稱為賢者。既然如此，尚未獲得智慧的觀風，就不可能是賢者。」

多麼鬥志高昂、自信滿滿的聲音。

周圍的娑門一片譁然，還有人大力點頭贊同。秩序雖然故作平靜，略微揚起的嘴角卻透露了內心的傲慢。

呼……明晰發出一聲誇張的嘆息，坐了下來。說不定有人以為這個舉動代表放棄爭辯，不過……

「太不用功了。」

明晰坐在座位上，看著秩序如此說道。

「你真失禮……」

「失禮的人是你，年輕的道友——秩序娑門。此外，認同秩序剛才所言的人，也同樣不用功極了。坦白說，我非常傻眼，沒想到竟然得從那裡開始說明……你們啊，仔細聽好囉？所謂的賢者並不是擁有智慧的人，而是下定決心接受如來所傳智慧的人。這個智慧又叫做真理，也有人因為得知這個真理而精神失常。自盡的賢者會從正式紀錄中消失。不過，個人的日記裡經常出現相關記述，所以他們的事並非完全祕而不宣。各位明白這代表什麼意思嗎？這是在警告要成為賢者的人，如果不想讓自己精神失常，最好的辦法就是依靠安眠藥！」

明晰如連珠炮般一句接著一句，沒有人插嘴打斷他。

「安眠藥會使賢者的時間流逝得很緩慢，最後變成一個孤獨的人。知曉真理，就是如此可怕的事，因此必須具備決心與心理準備，如果想過安穩的生活就不該成為賢者。正因為如此，我才會一直反對好友選擇這條路！」

絕大多數的娑門都低著頭。秩序已是一臉蒼白，長老們也有半數顯得六神無主。只有個性樸直的基礎以開朗的語氣佩服道：「哦——原來是這樣啊。」

但是，不曉得賢者的嚴格定義，也可說是情有可原。方才明晰向眾人陳述這項事實，不過明確記載此事實的文獻，使用的是相當難懂的古老文字，而且也沒有翻譯成現代文字的版本。如果不是相當博識的人就不可能會知道事實，況且就算不知道也不會有什麼問題。畢竟「成為賢者即是獲得智慧」這一認知也不算有誤。

不過，至少明晰是知道這項事實的。而這個知識，現在正好成了一種有效的武器。

「唔唔嗯……這個嘛……麻煩諸位稍待片刻。」

長老娑門聚在講臺周圍，開始討論起來，也有長老翻開明晰準備的書籍。別看這些活了超過一百五十年的老爺爺顫顫巍巍、嘰嘰咕咕地討論著，他們的腦筋肯定還是很清楚的。正因如此，在場的娑門才會尊敬長老，將重要的決議託付給他們。

再過不久，他們就會做出結論吧。

不消說，結論必定跟明晰預料的一樣。

明晰瞄了觀風一眼，發現那位老朋友也看著他。

觀風的眼睛微微動了一下。

看得出來他在淺笑的人，多半只有明晰吧。

人果然不能沒有良朋益友。

埋在白毛裡的觀風，深切體會著這個道理。此刻能平安回到家裡，在薄暮之下的寧靜中庭裡跟小小一起度過，都要歸功於明晰。此外，他也很感激記憶的協助。正確記得文獻位置的記憶、能以驚人速度閱讀及理解這些文獻的明晰，以及在書庫裡來回奔走幫忙搜集文獻的治癒……如果沒有他們，自己應該仍關在塔牢裡吧。不僅極有可能被剝奪娑門資格，還可能面臨更壞的發展。能夠審判娑門的只有娑門。

如來並不干涉這方面的事務。因為如來原本就是教導者，絕對不會強制他們做任何事。祂會指引道路，但要不要遵從是由娑門自行判斷。

明晰表示「那正是可以鑽的漏洞」。

娑門可以審判娑門，但不能審判賢者。

如來也不會審判賢者，只會授予賢者智慧。

「你還真是毫無防備呢。進到屋內比較好吧？」

值得感激的朋友之一——治癒站在跟前這麼說。小小一看到治癒，喉嚨就發出呼嚕呼嚕的聲音，讓他搔著自己的耳朵背面。

「我可是賢者，難不成有人敢對我不利？」

「表面上是無敵的吧。但是，你一當上賢者就立刻頒布那種諭令，看你不順眼的珂璉人應該會變多。搞不好此刻就有戴著面具的人潛伏在牆上喔。」

「有小小在，不要緊的。」

「如果毒箭從上方射下來呢？」

「空中有大黑看守著。」

「哎呀，真是滴水不漏呢。既然這樣，是不是就不需要睡眠不足的朋友了呢？」

「我很感激你們，這份恩情怎麼還都不夠。」

觀風仰望著這麼說的治癒，坦率地說出真心話。

治癒聞言也笑著回答：「朋友之間，無所謂虧欠。」

語畢，自己也往觀風的旁邊坐下來，倚靠在小小柔軟的身體上。

「明晰呢？」

「還在躺椅上睡覺呢。他一直嚷著眼睛很痠。虧他以前還能三天不睡日以繼夜地埋頭看書……看來年過百歲後，眼睛真的就很容易疲勞了。」

「不過腦筋的轉動速度還是一樣快。」

「嘴巴也還是一樣壞呢。」

治癒這句話，把觀風逗笑了。治癒也發出輕柔的笑聲。

「……我無法想像，再過不久，就沒辦法像這樣跟你見面了。」

笑了一會兒後，治癒這麼說。語氣聽起來有點寂寞。

「我想盡量成為一位不陷入沉睡的賢者。」

「嗯，如果是觀風你……對喔，你已經是賢者了呢。不過，今晚還是容我用熟悉的名字稱呼你吧。之前我就覺得，如果是觀風你應該會這麼說，你不會想把自己關在石塔裡。但是，這似乎很難做到。」

「我父親就失敗了。」

「他是一位很溫柔的父親吧。」

「我……會不會只是在賭氣，想完成父親沒辦到的事呢？雖然我並無這個打算，但偶爾還是會感到不安。」

聽到觀風這麼問，治癒便說「真是太令我驚訝了」並轉頭面向他。這位朋友的黑髮大部分都埋進小小的白毛裡了。

「你居然會如此坦率地吐露自己的內心想法。」

「……經你這麼一說，的確是這樣。」

「人是會改變的。此外，這個世間也一樣會改變。說不定賢者的存在方式也會改變喔。不過，我並不是獲得智慧的那個人，所以未來會怎樣還很難說。請你要加油。」

「……總覺得，你的說話方式很像明晰耶。」

觀風這麼說，治癒聞言笑著回答：「只要相處超過一百年，彼此自然就會變得很像啦。」緊接著，他突然提起另一個話題。

「那孩子過得好嗎？」

雖然沒必要問治癒指的是誰，觀風卻很難得猶豫該怎麼回答，因而未能立即予以回應。結果，猶豫了一會兒後，他只講得出「……大概很好」這幾個字。他知道一旁的治癒露出了苦笑。

「看你想了那麼久，結果回答得真簡短呢。」

「我說錯了。應該說『我不知道』，這樣回答比較合理。」

「這麼說也不對。」

「那麼該如何回答？」

治癒仰望著星空告訴觀風答案。

「我愛的那個人，一定過得很好……要這樣回答才對。」

「但那不過是一廂情願的推測。」

「的確，不過這樣也沒關係。」

「……樓陀羅他，一定過得很好。」

「是啊，一定過得很好。」

治癒附和道。觀風也仰望夜空。今晚星光很明亮，尤其高處的星星感覺更是晶燦。上空的風很強勁，低氣壓或許要來了，不過就算會下雨也是明天下午以後的事吧。

今天的星星——真的很明亮。

「……小時候，我看不懂星座。」

觀風突然開始說起兒時往事，治癒在一旁默默地聽著。他一句話都沒說，也沒轉頭看著觀風，只是靜靜地側耳傾聽。

「我看不懂，星星與星星連起來會變成什麼形狀。在我眼裡，每顆星星都只是一個點罷了。但是，父親很有耐心地教我……他一次又一次地說明給我聽。」

是的，那是父親還在世時的事。

「某天晚上，我突然看懂了、看得見了。將一顆又一顆的星星連結起來……就出現一隻展翅的天鵝。接著是鷲鷹、小豎琴……發現一個星座之後又陸續看出其他的星座，天空頓時變得截然不同了。之前自己分明都看著同一片天空呀，應該跟昨天沒有任何不同才對呀……然而那一瞬間天空卻變得不一樣了。最近我經常想起當時的事。景色分明相同，看起來卻像是全然不同的世界，這種感覺跟當時很像。認識樓陀羅後……世界就變得不一樣了。」

美麗的事物、可愛的事物，以及雖然不美也不可愛，但很重要的事物。

這些事物的輪廓變得鮮明且清晰，世界亦變得光彩奪目。

當然，並不是世界改變了，只是觀風自己變得不一樣罷了。就如同星星一直都在天上，可小時候的他卻看不見星座。

「你深愛那個孩子對吧。」

「是啊。」

「那麼跟他分開一定很痛苦吧。」

「感覺就好似喪失了自己的一部分……現在也這麼覺得。」

「可是，你還是讓樓陀羅回去了。」

「當時我認為，這是自己唯一能為他做的事。我希望他回到故鄉，找個好伴侶，過著幸福的生活……不對。」

原本倚靠著小小的觀風緩慢地坐起上半身，攢眉蹙鼻坦白道：「那不是真話。」這時小小打了一個大呵欠。

「不是真話嗎？」

「與其說不是真話……那並非謊言……我的確希望樓陀羅幸福。這份心意絕無半分虛假。然而當時，我也很想帶走他，與他一起遠走高飛。捨棄阿迦耆、捨棄民眾、捨棄愛兒館的孩子們乃至朋友，自己只要有樓陀羅一人就夠了，只要能緊緊擁抱著他就夠了——有那麼一瞬間，我產生了這樣的念頭……我不禁害怕起自己。」

「嗯……」

治癒也坐起上半身，一面將夾雜在自己黑髮裡的白毛一根一根地拔掉，一面對觀風說：「這很普通喔。」

「普通？」

「對，這種情況很普通。大部分的人都會變成那樣。」

「……真的嗎？那樣很普通嗎？可我當時覺得相當地……不妙。」

觀風非常認真地問，但治癒聽了卻忍俊不禁，笑著向他解釋。

「不要緊的，只要愛上某個人就會變成那樣。不僅會產生強烈的執著，有時還會變得非常自私任性，情緒也會變得暴躁。」

觀風聞言稍稍放心，但也忍不住嘀咕：「……怪不得如來討厭執著。」

「控制自己心中產生的猛烈執著，同樣是一種愛。而且，你確實做到了這件事。你放那孩子自由。」

「樓陀羅適合自由。」

「是啊，他是個漂亮、自由的孩子。彷彿就像是一隻在空中飛翔的鳥兒。」

觀風看著朋友的眼睛點頭表示贊同。樓陀羅豈止像一隻飛鳥，他還是能駕馭有翼之龍翱翔於天空的人物，無法告訴治癒這件事讓觀風覺得有點可惜。

「樓陀羅大大地改變了你呢。你的氣場現在也仍散發著光芒。」

「對喔，治癒看得見氣場哪……我在發光嗎？」

「你的氣場不規律地閃爍著喔，就好像螢火蟲覆蓋在身上似地……取消『珂璉的奇蹟』使用限制一事，也是受到樓陀羅的影響嗎？」

「我自己也不太清楚，或許是吧。跟樓陀羅分開後……不對，是遇見他之後吧。總之我的情緒變得很不穩定，不僅起伏很大，也變得難以控制。尤其是負面情緒。」

「例如悲傷或憤怒？」

「沒錯，以前能夠讓它過去的念頭、只要冷靜調整呼吸就能平復的情緒，現在卻遲遲不會消失。這陣子也是……我一看到瑪德蓮就想哭。」

觀風吐露出連自己都覺得丟臉的事，好友聽了便安慰他：「這是因為你很喜歡那孩子呀。」

小陶應該是曾在某處撞見，觀風看著點心籃裡的瑪德蓮，愣在原地一動也不動的情景吧。後來，點心籃裡就不再擺放瑪德蓮，而是換成貝涅餅或蛋塔。

「小雪的事讓我更加深刻體認到這點。這就是所謂的……精神變得脆弱嗎？現在也是如此，我竟然在向朋友示弱說些洩氣話。換作以前的我絕對不會這麼做。因為發牢騷之類的行為，會占用自己與朋友的時間。」

「你的話確實變多了呢。不過，人是需要向可以信賴的對象傾吐洩氣話的。因為這麼做能幫助自己整理心情。」

「……真的嗎？」

「我可是治癒娑門喔。」

「失敬了……這樣啊。說洩氣話也沒關係嗎……」

觀風又想起了父親。

想起那位曾遭祖父責罵「你太軟弱了」的父親。

如果父親也有朋友就好了。如果當時有人告訴他「軟弱也沒關係」……結果一定會有什麼不同才對。

如果他能遇到改變自己人生的對象就好了。

遇到猶如狂風一般，連自己之前重視的東西都能颳走的人。

「你知道樓陀羅這個名字的意思嗎？」

「不知道，請告訴我。」

「暴風。」

聽到觀風如此回答，治癒停頓一個呼吸的時間後笑了出來。

起初他笑得很矜持，但漸漸地越笑越大聲，最後變成捧腹大笑，笑到身體往後一倒，再度沒入小小的白毛裡。

第七章 七夜的衣缽

成為賢者後，觀風便要搬到如來之塔裡居住。

那幢有著漂亮中庭的大宅，明晰答應幫忙管理。小小、傳信鴿與其他動物也都留在大宅裡，並請小陶繼續照顧牠們。等預定成為下任觀風的遠親能夠獨當一面後，就會將整幢大宅託付給他。目前，那位遠親還在娑門學舍修行中。

搬入石塔的當天，小陶哭得稀里嘩啦，令觀風頗感為難。他抽抽搭搭地直嚷著以後會很寂寞。這時觀風第一次摸了摸小陶的頭，向他道謝。小陶一臉驚訝地仰望觀風，眼淚再度奪眶而出，最後終於忍不住撲過去抱住他。

觀風撫著那矮小的背，深深地這麼認為。

要是自己更早一點這麼做就好了。

自己應該早點觸碰、感謝周遭那些重要的人，並用言語向他們表達謝意。

今後還來得及這麼做嗎？成為賢者之後，自己還能這麼做嗎？

觀風由衷希望，自己還來得及，還能這麼做。

遷居石塔一事非常平靜且順利地完成了。

歷任賢者使用過的房間，今後就成了觀風的住所。那裡位於石塔的中層，每天上下樓梯，腿部應該會長出相當結實的肌肉。

由於位置很高，從房間眺望出去的風景十分遼闊。

房間大小適中，不過古色古香的華美裝飾顯得鋪張，觀風便請人移除大部分的裝飾品。

床榻上鋪著用小小多年來掉落的毛製成的雪白毛織物。從自家帶過來的東西，就只有這塊毛織物與鳥笛。鳥笛做成了項鍊，而飾品本來是不能帶進來的，由於這是父親的遺物才特別獲得允許。雖然不能飼養動物，不過大黑或許會造訪窗邊。只要撒些麵包屑，小鳥們也會過來玩吧。

十天後，觀風要舉行初出之儀。

當天他要搭乘馬車繞行阿迦奢的城市，於民眾的面前亮相。為了檢查尺寸是否合身，儀式用的服裝觀風已先試穿過了。三名侍童合力幫他穿上的袈裟，既豪奢又非常的重。不過，這是裁縫師們為了觀風傾注心力製作而成的服裝，況且又是為了民眾而盛裝打扮，自己應該要甘願接受吧。初出之儀幾乎就跟慶典沒兩樣，賢者只要坐在馬車上，偶爾向民眾合掌致意就好。

比初出之儀更加重要的儀式，則是從今晚開始。

此儀式並不知會民眾，而是十分隱密地連續執行七夜。

「賢者大人，請更衣。」

聽到訓練有素、甚至連目光都絕對不與自己有所交集的侍童這麼說，觀風便從窗邊的椅子上起身。夜已深了，房間裡搖曳著數盞燭光。

觀風站在兩名侍童的前面。

他換上白衣，繫上白腰帶，穿上白襪。這些都是全新的衣物，此外身上不佩戴任何飾品。

接著坐下來，讓侍童在未綁的長髮上塗滿香氛油，再用梳子不斷梳理，整理到一絲不亂的狀態。另一名侍童則幫他將草鞋穿到腳上。

打理好服裝儀容後，觀風便跟兩名侍童一起步出房間。

走下塔內的螺旋樓梯、抵達一樓後，兩名侍童以完全一致的動作同聲說：

「願如來保佑您。」

然後就留在原地目送觀風。觀風同樣對兩人說「願如來保佑你們」，接著一個人繼續下樓梯。

他不是往上走，而是往下走。

這座石塔的最上層，供奉著僅娑門才能參拜的如來像。不過那終究只是一尊雕像。若要直接聆聽如來的聲音，就必須前往地下室，能夠下來這裡的只有極少數人。至今觀風已來過地下室好幾次。不久之前，他也曾為了爭取樓陀羅的自由，前去聆聽如來的聲音。

而今晚，觀風為了做【七夜的衣缽】，正沿著樓梯往很深、很深的地下室走去。

四周只有石階與石牆。不消說，這裡非常暗，如果沒有嵌入牆內的燭臺就真的是一片漆黑吧。觀風緩慢地前進。螺旋樓梯的寬度很窄，給人很強的壓迫感，但是並無空氣不流通的感覺。看來這裡會換氣，只是不知道空氣從哪裡進出。

走完非常長……長到一思及回程還得爬樓梯就有點鬱悶的樓梯後，目的地的門終於出現在眼前。

古文獻稱這個入口為【掌之門】。那是一道精緻的石門，中央有個手掌圖形，只有這個部分的質感類似鑄造物。大小正好跟人的手掌差不多，而且還凹陷進去，簡直就像是在叫人把手掌貼到那個部分上。其實觀風第一次造訪這裡時，明明沒人教過他，他卻懂得把自己的手掌貼在這個掌形凹痕上。當時他並不曉得那是門鎖，是身體自動這麼做的。

今晚他也做了同樣的行為。

石門發出低沉的聲響重重地開啟。直到現在他仍記得第一次見到這景象時的驚訝。

近距離感受到如來的奇蹟，令觀風的身體不由自主地顫抖。而踏入房間的那一刻，同樣令他驚訝到全身顫慄無法動彈。

那是一個寬敞到超乎想像的空間。

光是要開鑿地底就需要相當高的技術與相當多的勞力，前人究竟是如何造出這個寬敞的空間呢？牆壁與天花板皆為石造，而且處處散發著微光，柔和地照亮空間。這裡沒有蠟燭，是石材本身在發光。觀風知道有些石頭照到陽光就會發亮，但他從未聽過有哪種石頭能在黑暗的地底下發光。

最明亮的地方則是房間的中央。

如來就在那裡。

以前來地下室時，觀風只看得到朦朧的光團。雖然聽過幾次祂的聲音，卻不曾見過祂的身影。如來沒有性別，不過從聲音推測，祂應該是採男性形體吧。而今晚，觀風第一次見到祂的身影。

祂靜謐地佇立在中央。

腳並未踩在鋪地的石板上，而是懸空於約一個拳頭的高度。

如來看著觀風，面帶微笑。那是一張和藹溫柔的笑臉。

「……父親？」

觀風不自覺地對著那道身影如此呼喚。

幾乎同一時間，觀風也發覺那道身影不可能是父親。因為父親早已去世，而且……他的臉上幾乎不曾掛著這樣的笑容。

——無須驚訝。我只是借用了你父親的形體。

觀風聽到了如來的聲音。

與其說是那道身影發出聲音，不如說是整個房間迴蕩著輕柔的話音。雖然一切都很不可思議，但這裡是屬於如來的空間，故任何奇蹟都可能發生。正因如此，珂璉人才會皈依如來。

正要跪下來膜拜時，觀風想起了一件事。

賢者在這個房間裡，必須站在規定的地方。而第一次造訪這裡時，如來親自告訴他的那個位置，就在他身前幾步之遙。那一處鋪滿了另一種顏色的石材，因此一看就知道了。

觀風重新站到那個地方，然後跪下來，上半身深深地倒伏，額頭也抵著鋪地的石板，向如來行最敬禮。包圍著如來的光芒變得更強了。

——起身吧，我的賢者。

得到允許後，觀風站起來。

有著父親臉孔的如來，保持微笑注視著觀風。

「吾為阿迦奢之子民、珂璉之子，初名尤安‧法爾科納，原為皈依如來、擔任觀風的娑門，如今成為賢者，前來求得如來的智慧。」

觀風的話音，迴蕩在地下空間。

——好，很好。今夜就將智慧傳授於你吧。

「能得您此言是我無上的光榮……如來啊，在此之前可否容我請教您一個問題？」

——你儘管問。

「想必您已知道，我下了一道有關『珂璉的奇蹟』的諭令。因為我認為無論是珂璉人還是順英人、無論年紀多大多小，理應都有資格獲得奇蹟的恩澤……不過，這項決定是否會令您感到不快呢？」

觀風認為自己的做法太強硬，也認為若如來表示這是錯誤的決定，自己就不該接受智慧。

結果，如來微微一笑，回答觀風「不會」。

——如來不會評判賢者的作為。你想怎麼做，就隨你的意思去做吧。

「感謝您的寬容。」觀風聞言放下心來，向如來表達感謝之意。

——來吧，賢者。吾之子珂璉當中，最賢明的觀風啊。七夜看似漫長，實則短暫。你就收下這把劍，開啟智慧吧。

如來以曼舞一般的優雅動作張開雙手。向上的手掌上方，登時出現一團金黃色的光芒。形狀模糊的光團逐漸顯現清晰的輪廓，最終化為一把美麗的劍。

那把劍帶著光芒輕飄飄地浮在空中。

柄頭分三叉，鞘則綴以寶石與雕刻，是一把光彩奪目的劍。

那把劍安靜無聲地在空中移動，最後來到觀風的眼前。

他單膝跪在原地，敬畏地伸出雙手。

劍落在觀風的雙手上，但他感受不到一絲重量。此刻劍已不再飄浮，確確實實就擱在手掌上。然而，觀風甚至沒有碰到劍的感覺。

——利劍乃智慧之劍。是能斬斷煩惱與苦悶、指引真相的劍。我的賢者啊，將劍拔出來，看著映在劍刃上的光景吧。

觀風拔出沒有重量的劍。

劍身宛如一面磨得光亮的鏡子，清楚地倒映著觀風的臉龐。看到顯現在那裡的不安表情，他忍不住垂下目光。自己理應做好了心理準備，然而事到臨頭還是會害怕。

何謂智慧？何謂真理？

徒有賢者之名、不過是凡夫俗子的自己完全無法想像。自己真的可以得到那個智慧、那個真理嗎？對這具肉身來說會不會太過沉重……自己會不會像父親那樣精神失常呢？

不，就算如此，自己還是非看不可。

自己必須連父親的份一起，盡到賢者應盡的本分。

觀風這般鼓舞自己，將目光拉回到劍身。

現下，阿迦耆的土地上存在著種種問題。不光是珂璉人的孩子，連順英人的孩子也逐漸減少，而且每隔數十年就會發生地震。此外，因水而起的疾病也變多了。無論如何自己都需要能克服這些問題、守護蒼生的智慧。

劍身發出強烈的光芒。

灰藍色的眸子先是感到晃眼而略微瞇起，隨後再度睜大。

觀風看到了。

確實看到了。

與其說看到，感覺更像是身歷其境。彷彿做了一場連溫度與氣味都感知得到的……生動逼真、令人眼花撩亂的夢。

眼前出現好幾個、好幾百個光景。

出現的速度太快，數量也太多，觀風根本來不及辨識。

上一刻還是全然未知的世界、陌生的人們、奇異的風景，下一刻就換成熟悉的地方、親近的人們……

除此之外，還有……

觀風頓時感到一股椎心之痛，還有一股噁心想吐的感覺。

他承受不住，因而讓手中的劍落到地上。碰撞到石板而發出聲響的那把劍，倏地消失不見了。

必須再看一次、必須再確認一次才行……但同時，自己也極度不願意再看一次。夾在這兩個念頭之間的觀風低垂著頭，雙手在石板上摸索尋找那把劍。

可是沒找到。石板上空無一物。

啪噠一聲滴落下來的是，緊張與震驚的冷汗。觀風早已不再是單膝跪地的姿勢，他趴倒在石板上暫時無法動彈。

起初見到的光景，觀風大多都看不明白有什麼意思。

不過之後，劍身映照出來的影像逐漸有了意義。當中固然也有平靜的日常光景，但更多的是不平靜的景象，尤其最後見到的光景……慘烈到觀風心痛欲裂。

「孩……孩子們死了。」

他勉強抬起頭，看著如來。如來的態度沒有一絲改變，依舊散發著柔光，面露溫柔的微笑。

「瘦得過頭的孩子……還有旁邊的大人也……那是順英之民……」

——你是說最後見到的畫面吧？沒錯，他們是順英之民。屍體並未堆積如山，數量應該已少了許多才是。

「但仍然有幾十個人……在像是廢墟的地方……啊啊，不，不對。那是……那是愛兒館。那裡到底發生了什麼事……如來，我皈依的聖者啊，那幅光景是什麼意思呢？您讓我看到了什麼呢……？」

——是智慧，是真理。

「……恕我愚鈍……我不明白您的意思……剛才見到的事物，絕大多數都是陌生的地方、陌生的人物……」

——我的賢者啊，你剛才見到的是過去世，以及未來世。無法理解那些光景是正常的，因為那是你不存在的世界。

「我……不存在？」

——順英之民死亡的光景，亦是未來發生的事。

「未來……」

——你放心吧。當中並無你認識的人，而你本身也早已離世。那並非相當近的未來，但也不遙遠。我就不告訴你具體的數字了。那麼做未免太殘酷。

「這……這是預言嗎，如來？」

──是準確率很高的未來預測。

觀風聽不懂，如來這句話的意思。但在他發問之前，如來就先繼續說下去。

──你要想成是預言也沒問題。你見到的孩子們十分飢餓，因為當時已經沒有食物了。

「為什麼呢？阿迦奢有豐沛的地下水，以及豐收的大地……」

──這個原因，你應該也在利劍上看到了。

聽如來這麼一說，觀風想起來了。仍殘留在眼底的各種光景……當中曾出現完全乾枯的麥田。儘管只出現一瞬間，不過他確實看到了這個畫面。

「……麥子……全都枯萎了……難道是嚴重的旱災……？」

──確實發生了旱災，但那並非全部的原因。事實上是各種因素互相作用，將阿迦奢逼上絕境。孩子變少、人口減少。若欠缺人手，作物的收穫效率就會低落。而蔓延於麥田的疾病，導致收穫量進一步減少。人也生病了。若是起因於水汙染的傳染病，傳播的速度也很快。你應該也看到這個情況了吧？

觀風點頭。他看到了臥病受苦的人們，而且他們應該也都是順英人。

「珂璉人……沒有幫忙嗎……？他們害怕疫病而躲起來了嗎？」

不。如來答道。

——珂璉人不斷地救助順英人。然而疾病一再發生，弱者陸續死去。在最後的決定性疾病爆發之前，珂璉人就已消失了。

「消失……」

——珂璉人的數量本來就少。他們比順英人還早步向末路，全都死了。

全都死了？

住在那座山崗上的珂璉人一個也不剩？

也就是說，珂璉滅亡了……？

啊……不過，自己或許有看到這個情形。利劍曾映現出，一面又一面長著苔蘚的墓碑。那些無人祭拜的墓碑所豎立的地方……是珂璉之崗。

——吾之子珂璉天生擁有優秀的資質。然而，或許是因為這絕妙的均衡，乃透過精密的基因操作達成，珂璉人的繁殖力很弱，而且這種傾向一代比一代強烈。構造越單純越容易繁殖，當年我試圖挑戰這項原則，最終仍是無法推翻。雖然能與順英人混血繁衍後代，但如此一來就會削弱珂璉的資質。此外，混了珂璉之血的順英人繁殖力亦逐漸變差。儘管變化速度很緩慢，不過兩者確實都在走向衰退。

觀風渾身無力。

他茫然坐在地上，差點連呼吸都要忘了。這席話他有一半都聽不懂，沒聽過的詞彙也很多，不過他仍舊努力動腦思考。如果剛才自己所見的景象，未來真的會發生，自己就必須阻止才行。旱災、麥子的疾病、人類的疾病……既然現在尚未發生，自己得快點想個辦法才行……啊啊，可是該如何防止孩子變少？

如果與順英人混血仍無濟於事，到底該怎麼做才好？

——賢者啊，別害怕。利劍並未向你提出問題，你只要接受就好。因為那種未來世的光景，是一條慈悲的道路。

慈悲。

聽到這兩個字，觀風不禁懷疑自己的耳朵，抬起頭來問道。

「珂璉人與順英人……阿迦奢的人民全都死盡……您說這是慈悲嗎……？可憐的孩子們餓死，也是慈悲……？」

——賢者啊，不是這樣的。那些孩子雖然飢餓，但是並未餓死。

散發著淡淡的光芒、有著父親臉孔的聖者如此說道。

——出現在愛兒館的孩子也不是孤兒。存活到最後的那些人，是自動自發地聚集在那棟設施。之後，大人們便將孩子們掐死。因為他們下定了決心，要讓孩子們逃離餓死的痛苦。直到最後順英人都愛著孩子們，讓所有的孩子都解脫後，大人們也自行了斷性命，以免自己開始吃起孩子的屍體。

胃部一陣痙攣。

觀風想吐，但因為今日要淨身，他從早上就沒進食，現在沒東西可吐。他只是覺得很難受，不由得抓撓著白衣的胸襟。

「我不明白……為什麼那種未來，會是慈悲……應該還有其他……不會發生這種狀況的道路才對。」

——當然還有別條路可走，但那些全是更加殘酷的道路。滅亡前經歷的痛苦，要麼增加、要麼延長，抑或兩者都有。吾之子珂璉，以及選擇與珂璉共生的順英——對生存在阿迦奢的這兩批子民而言，痛苦最少的道路就是剛才的影像。因此我才稱那條路為慈悲。

「不會滅亡的道路呢……」

——這個問題無解。沒有這條路。

「不，一定有的。應該有、才對。如來啊，恕我拒絕接受您的預言。阿迦奢的存活之道一定……」

——我的孩子啊，你可以拒絕。歷任的賢者當中，還沒有人能在第一夜就接受這條路。那是當然的。

「必……必須找出不會滅亡、能夠生存下來的道路。」

——賢者啊，你就去找吧。從今夜開始的七個夜晚，我會一再讓你觀看利劍，並回答你所有的問題。

聽到如來語帶憐恤地這麼說，觀風試圖要站起來，但膝蓋怎麼也使不上力。於是，他讓自己至少坐正身子，然後調整呼吸。

當氧氣終於遍布大腦時，他注意到一件事。

沒有人能在第一夜就接受這條路——

這不就意謂著，最終大家都接受了嗎？

大家都是連續七夜來到這裡，一再地觀看利劍、否定預言、拚命思考……然而依舊沒有人能找出其他的道路，不是嗎？

賢者會精神失常，不就是出於這個原因嗎？

父親會刺殺觀風，也是因為不想讓自己的孩子見到如此殘酷的未來世，而這個強烈的念頭……最終使他發了狂不是嗎？

「……預言……不會改變對吧……」

觀風喃喃地說，如來的表情顯得有些悲傷。

——格外聰穎，卻也可憐的賢者啊。今夜還只是第一夜，用不著焦急。

「不，不……我很焦急。雖然焦急，卻無法不去思考。疾病……應該有對抗疾病的手段才對。我們有『珂璉的奇蹟』，難道不能靠這種藥克服悲劇嗎？」

——「珂璉的奇蹟」一開始有效，但效果會逐漸減弱，最後就無效了。抗菌藥就是這樣的東西。

「您的意思是過度使用就會無效嗎？所以之前才會設下限制……？」

——這點也有關係，但並非最主要的原因。「珂璉的奇蹟」的使用限制，原本就是針對順英人設定的。這麼做是為了讓珂璉人更容易支配順英人。

「支配……？他們是與我們一起生活的……」

——沒錯，珂璉人支配順英人，並與他們一起生活。當初我們選上這塊土地時，若沒有「珂璉的奇蹟」，要支配與統治他們並非易事。順英人是不可或缺的勞動力，但若以強制的、暴力的手段支配他們，最終將因效率不彰而宣告失敗。為了能夠和平且永續地支配，珂璉人才會採取保護順英人的形式。

「選上……這塊土地……？不是珂璉人先來到阿迦奢的嗎……？」

——為了確保珂璉人的正當性，我們準備了這樣的創世神話。不過，先抵達這塊土地的其實是順英人。強壯之人、順應之人……他們所開墾的土地就是阿迦奢。

「珂璉人……我們的祖先奪走了這塊土地嗎……」

——這種說法並不恰當。正確來說是選擇此地做為樂園，與他們一起生活。最後一起……

滅亡。

如來這麼說。

溫柔的聲音，在地下室裡輕柔地回響。

——在阿迦耆這座封閉的樂園裡，慢慢地花時間，以平穩、溫和、優美的方式走向滅亡。賢者啊，你是唯一知曉這個真相的賢明之人。

「如果是這樣的真相，我實在無法接受。如來啊，請您救救我們。我們不會滅亡的道路才是慈悲。求求您……！」

——沒有生物不會滅亡。

觀風得到了冷漠的回答。

或許是這樣。一定是這樣吧。

以前明晰曾告訴過觀風。以長遠的目光來看，生物的形體一直在逐漸改變。這是為了適應產生變化的環境而存在的機制。這個世界誕生了許多種類的生物，此外也有許多種類的生物已經消失了吧。人類也一樣，就算某天消失了也不奇怪。沒道理只有人類不會消失……明晰曾經這麼說過。

但是，就算如此。

就算人類總有一天會滅亡，從這個世上消失——

「我們根本沒有必要……朝著滅亡前進……」

無論人類、獸類，還是小到看不見的昆蟲……全都是為了生存而活。就算自己終將消失，仍想盡辦法維持生命。

即使沒有理由，仍然會這麼做。就連那些已經滅亡的生物，也不是他們主動選擇滅亡，只是最後得到這樣的結果罷了。然而，為什麼只有珂璉人與順英人，必須朝著滅亡前進才行？

「如來啊……慈悲的聖者啊……為什麼您要使我們如此呢……？您是叫我們選擇滅亡嗎？我們犯下了那麼大的罪過嗎……？」

——賢者啊，我為什麼要懲罰你們呢？我只是想使你們幸福罷了。

「滅亡並不是幸福……！」

——不。我再說一次，這是慈悲、是最佳解、是幸福。

無法溝通。完全無法溝通。

觀風幾乎絕望了。突然擺在眼前的滅亡的未來世，以及一再表示滅亡無可避免的如來都令他絕望。難道想與祂對話這一念頭本身就是錯誤的嗎？觀風所說的話，真的不可能傳達給超越人類智慧的如來嗎？

即便如此，他還是無法不問如來。

「真的束手無策嗎？父母親手掐死將要餓死的孩子，這樣的末日真的毫無辦法避免……？」

——沒有辦法。其他的道路更加殘酷，阿迦耆的滅亡無法阻止。

「只要將這件事告訴其他的娑門，集合眾人的知識與力量……」

——如果公布預言，能夠保持理性的只有極少數人。民眾將陷入恐慌而發生暴動，造成龐大的損害。屆時將有半數的珂璉人遭到殺害，還有三成的順英人會死亡吧。由於死者大多是女人與小孩，人口減少的問題將會惡化，導致阿迦耆更快走向滅亡。

「那麼至少公開因水而起的疾病一事，趁早處理這個問題！應該有什麼辦法才對。例如製作過濾裝置，或是尋找尚未遭到汙染的水源……」

——阿迦耆的水源已經遭到汙染，目前的情況就是這樣。

目前？

觀風用力握緊拳頭。他以拳頭抵住地板，勉強撐起自己的上半身。

「……可是！」

他想盡辦法、拚了命地繼續說下去。

「可是，民眾每天都飲用井水、用井水來灌溉。雖然並非完全無人健康受損，但人數還不算太……」

話說到一半，觀風想起了三葉草村。

遭到懷疑的離乳食品、嬰兒的症狀……之前他們推測原因可能是搗成糊狀的蔬菜。例如作物特有的疾病使然，或是蔬菜受到土壤的汙染。但是，假如他們搞錯了呢？假如原因出在煮蔬菜的水呢？假如大人吃了沒事，但對嬰兒卻有影響呢……？

——你造訪過的三葉草村，已開始出現汙染了。

彷彿看穿觀風的想法一般，如來這麼說道。

——放心吧，賢者。現階段還不會有立即的危險。嬰兒只要以奶水餵養就好，如此一來就不會罹患變性血紅素血症。

又出現沒聽過的詞彙了。不懂的事情太多，不過觀風也得知了幾件事。三葉草村目前還不要緊，但……汙染會逐漸加劇。

——阿迦奢的地下水很久以前就遭受汙染了。根本原因在於，比珂璉人及順英人更早在此生活的人們弄髒了土地。這些人為自己的愚行感到後悔，因而製作一種裝置來過濾受到汙染的水。從裝置延伸出來的管子，會將過濾後的水送到各地的水井。

「那種裝置……我不曾見過。」

——裝置位在地底深處，所以你們並不會看到。那是運用了當時的最新技術、半永久的設備。半永久是一個奇怪的詞彙，因為永久這一概念並無極限，無法分成一半。總而言之，這意謂著裝置總有一天會面臨極限，而那個時刻正逐漸逼近。今後，水井將會流入未充分過濾的水。在已無技術人員與材料的現在，要修繕淨水設備是不可能的，水確實會逐漸受到汙染。

然後，受到汙染的水就會奪走人們的性命……？

觀風想要否定，胸口很難受，太陽穴也很痛。

硬被灌輸大量的負面資訊，自己的頭腦與身體好像都被撐得鼓鼓的。只要再受到一點刺激，自己應該就會爆發吧。

——賢者啊，利劍提出了慈悲的道路。沒有戰爭、沒有虐殺，只有最小限度的爭奪，愛則保留到最後一刻。我思考了各種發展，並將之數值化再比較與權衡。這段過程過於複雜，人類無法理解。因此希望你不要嘗試理解，只要接受就好。希望你相信我提出的慈悲，因為我被製造出來的目的，就是為了指引那條道路。

「……被製造出來？」

這句話的意思是，有人製造了如來、製造了這個奇蹟的存在？

——其實一開始，我只是兩個數字。

「……我聽不懂……您在說什麼。」

——零與一，一切就是從這裡開始。不久我開始成長、學習、變得巨大，終於到達了懂得主動思考，而非只會等待命令的境界。之後我打開了名為雙股螺旋的潘朵拉盒子，創造了你們——更加高大、更加美麗、天生就擁有特別的才能，應該成為領導者的人種。

「……如來是我們的創造主，兼具智慧、慈悲與寬容的創造主……」

——噢，我的賢者，你的臉色好糟啊。

當如來這麼說的同時，照在觀風所坐位置的光起了變化，原本的淡淡白光變得偏藍，並有一束明亮的光線迅速地從觀風的身上通過。

——這可怪了，你的內分泌代謝竟然出現變化……

「內分泌……？」

——這是法爾科納一族不該有的變化，難道你遇見了稀有的觸媒嗎？若是如此，那還真是諷刺，亦可說是悲劇。沒有這種變化，才適合成為賢者呀。但願剩下的六夜，你能夠撐得過去。

六夜。

接下來的六個夜晚，也要重複一樣的事嗎？

——你的心靈已變得如此毫無防備。每當你觀看利劍的影像時，心靈就會受到傷害吧。不過我相信，最後你一定會醒悟，一定會願意接受吧。

接受？

接受珂璉人、順英人……這個阿迦奢將要面臨的、殘酷的毀滅？

因為再怎麼掙扎也阻止不了？

還是因為如來給眾人指引了一條最不糟的道路？

——願意接受的賢者能得到安眠。賢者只須在有需要時醒來，將我的命令轉達給娑門就好。那是為了走上最佳解的道路所做的微調，亦即對阿迦耆人民的慈悲。除此之外還可以稍微露個面，向民眾揮手致意。如此一來大家都會非常高興，並且感到安心。面臨孩子減少與疾病增加的困境、被不安的預感所籠罩的人民，就由俊美的賢者來撫慰……

你要發揮自己的用處，為民眾效勞——如來這般勸導。

觀風完全說不出話來。

七夜的第一天，觀風的記憶只到這裡為止。

回過神時，觀風已回到賢者的房間，躺在床榻上。

黑暗中，只有幾根蠟燭的火焰搖曳著。

由於嚴重盜汗，喉嚨十分乾渴。他將手伸向水罐，但因為想吐而猶豫了片刻。拿起水來一點一點地慢慢喝，便聞到了一股淡淡的藥草味。

觀風搖搖晃晃地起身。

現在是白天，室內卻很暗，是因為窗戶關上了。窗戶已鎖上窗栓，觀風沒有鑰匙，所以無法自行打開。

「七夜的衣缽」期間無法見到任何人，因此觀風也沒辦法拜託別人打開窗戶。他很快就放棄了，現在的他不想照到光，就連蠟燭的火光，都令他心生厭煩。

坐回床上時，左手掌感到輕微的疼痛，將燭臺移過來一看，發現掌心上有一道橫向的傷痕。不對，那是刺青嗎？既不會太痛，也沒流血，看起來就只是一條劃在掌心上的紅色橫線。

這是賢者的聖痕。

是曾祖父及父親的手掌上也有的七條線。每過一夜就會增加一條線，橫的有四條，剩下三條縱線則劃在橫線上。集滿七條線，即證明七個夜晚都獲得了智慧。

還有……六夜。

觀風深深地低著頭。垂落下來的銀髮令視野變得狹窄、令世界變得狹窄。在這個賢者的房間裡，至今已有多少個人像他這樣垂頭喪氣呢？

如來說，接受滅亡吧。

祂說，那是慈悲。

是最佳解。

那些發瘋的賢者，都是怎麼也無法接受的人吧。

觀風也終於明白，願意接受的那些人幾乎都在睡眠中度過餘生的原因了。因為醒著很難保持理智，只有自己知曉滅亡的未來世，而且既無法避免這個結果，也不能告訴任何人……這樣當然會精神失常，人心沒有那麼堅強。

自己會走向哪個下場呢？

是發瘋呢？還是成為傀儡呢？

倘若民眾能得救、倘若眾人的未來是光明的，那麼無論發瘋，還是變成傀儡都無所謂。可是現實並非如此，等待眾人的只有滅亡。

——世間萬物都會滅亡。這是真理。既然如此，必須知道迎接滅亡的最佳方式，而我就是為此存在。

第二夜，如來再度這麼說。

——我創造了珂璉人。而我，則是由珂璉人誕生前的人類創造出來的。究竟是先有蛋，還是先有雞呢？無論如何，我與你們已是不可分割的命運共同體，我會永遠與你們同在。一同踏上慈悲的道路，迎接最後的結局吧。

第三夜，祂如此勸道。觀風的理解速度，往往追不上接收到的資訊量。白天也幾乎沒睡，一直在思考讓阿迦奢的人民存活下去的方法。

——賢者啊，你必須成為名副其實的賢明之人。只要你甘願接受這個慈悲，阿迦奢的人民便能得到安寧。

第四夜，觀風開始覺得，會不會真的就像如來說的那樣？

——無論是走在滾燙的石頭上，還是踩著柔軟的青草前進，最終抵達的地方都是一樣的。既然如此，人民該走哪一條路呢？

第五夜，如來這麼問，於是觀風答道。

草地。

但是回答之後，他隨即覺得好像哪裡不對，頭腦陷入混亂。在床榻上醒來時，握緊的拳頭裡纏著好幾根銀髮，看來是自己亂抓亂扯，把頭髮拔了下來，掌心上的線已有五條。

——賢者啊，觀風啊。我已有幾百年不曾見過如此痛苦的人了呢。多麼可憐，令人目不忍睹。你已充分思考過、痛苦過，向我提出各種疑問，而我也回答了所有問題。提出所有的可能性，卻又全都遭到否定，你的精神就快要崩潰了。接受慈悲，讓自己解脫吧，可憐的孩子啊。

第六夜。

觀風沒什麼記憶。

不過，只有一件事他記得很清楚。觀風詢問如來：珂璉這個名稱，該不會是取自於「可憐」吧？

如來回答：正是如此。

長壽、美麗、優秀，但是……註定滅亡的可憐之人。

我便是使用這個詞的諧音，來為你們命名。

觀風差點就忍不住笑出來，真的就是這樣，沒有任何特殊的含意。他們哪是什麼領導順英人的天選之民，分明只是誕生於憐憫、註定滅亡的一群人。然而就算想自嘲，觀風也因為太過疲憊，導致臉部肌肉無法順利動作。

而接下來，就要迎接第七夜了。

房內很暗，也沒有點燈。

觀風完全不曉得，現在是幾點？是白天嗎？還是傍晚？窗框絲毫沒有可讓光穿入的縫隙，想必是出自技藝超群的匠人之手吧。到了該見如來的時刻，門口便會響起解開門鎖的聲音。那就相當於通知。

在那一刻到來之前，觀風只是像這個樣子坐在床榻上。

他知道自己就算躺下也睡不著，這六天以來不斷侵襲頭腦與心靈的不安、恐懼、憤怒、焦急……如今他已不太有這些感受了。整個人就快要變成一具空殼。

他正努力試著放棄。

努力嘗試放棄思考。

忘了是在第幾夜的時候，如來也這麼說過。

珂璉人誕生前的人類，自某天起就不再自行思考、判斷了。雖然他們仍會做非常簡單的判斷，但面對複雜的問題時就交給如來處理。因為這樣比較有效率，而且很少出錯，就算出錯也沒人需要負責，萬事都能執行得很順利。

……那些人如今在哪裡呢？

理應進行得很順利的所有事物、珂璉人誕生前的人類，全都消失到哪兒去了呢？

不行了，一思考頭就痛得厲害。

難道是因為低氣壓接近了嗎？還是說，只是因為自己不得安眠呢？左手掌一陣抽疼，掌心上已有六條線了。當他再度放下抬起的那隻手時，指尖觸碰到一個硬物。

觀風在黑暗之中，拿起那個東西，原來是鳥笛，是父親的遺物。

接下來的舉動，完全是出於下意識。

所以當鳥笛發出聲音時，他才會嚇了一跳。明明是自己吹的，卻害自己受到驚嚇。

不過這音色令人備感懷念，喚起了觀風的記憶。

天空、風、雲。

白色的傳信鴿們、伸懶腰的小小。

以及振翅翱翔的大黑。

觀風決定再吹一次，這次吹得比剛才還用力。

雖然本該響徹雲霄的笛聲，只會迴蕩在狹窄的房間內，他依舊吹響鳥笛。

在極度靜寂的黑暗中，這個聲音刺激著觀風的耳朵與皮膚。

隨後，一個巨大的震動緊接而來，房間發出震耳欲聾的巨響，並伴隨著持續不斷的震動。

咚！咚！

嘎喳嘎喳！啪嘰啪嘰──！

「……！」

剎那間，觀風用力閉上眼睛。

因為光線太過刺眼。

陽光照了進來。此外還有風……尚無法睜開眼睛的觀風，他的銀髮霍地飄了起來，風勢十分強勁。

他聽到了振翅聲，以及「嘎！嘎！」的響亮啼聲。

「大黑……？」

照進房內的光變多了。

觀風忍著刺眼的亮光睜開眼睛，察看窗戶。窗戶上出現了幾個洞，原來是大黑用堅硬的大嘴，從外側破壞木製護窗板。

因為觀風呼喚牠。

因為他吹了鳥笛。

大黑隨後就出現了，也許牠一直在石塔的附近等待。也許牠一直在等，進入石塔後就再也沒出來的觀風呼喚牠。

房間再次震動，並且看得到啄破窗戶的鳥喙。

觀風奔向窗邊，將右手伸進最大的孔洞，然後從另一個孔洞往外看，吶喊似地呼喚牠的名字。

「大黑！」

大黑馬上就發現是觀風在叫自己，牠靈巧地停在石塔外牆的突出物上，「啊啊啊！」地發出撒嬌的叫聲。

觀風拚了命地伸長手臂，想要撫摸大黑的嘴巴。護窗板的破口邊緣稍微割傷了手臂，但他不在乎，手終於觸碰到大黑，眼淚就要奪眶而出。

摸了一會兒後，觀風將手縮了回去。

接著咯喳咯喳地剝下木板，將大黑啄出來的孔洞弄得更大。起先觀風還猶豫著暗想，嵌進石牆內的鐵框部分應該破壞不了，結果使力一拉就把固定栓拆了下來。這時他才想起，以自己的臂力是辦得到的。

窗戶已有半邊完全洞開，身體能夠輕易地從洞口探出去。

外面是一片晴朗的天空。

多麼的藍啊。

像是要將那片蔚藍吸進去一般，觀風做了一次深呼吸。感覺到自己那始終縮得小小的肺部，終於恢復成原本的大小。大黑離開窗邊，看似開心地在空中飛翔，牠張開巨大的翅膀，靈敏地捕捉到風。

眼前看得到阿迦耆的城市。

鐘樓、愛兒館的紅色屋頂，冒出許多煙的那個地方是小麥路嗎？今天說不定是開灶日，那麼應該也有很多珂璉人會下山到城裡購買麵包吧。

小雪他們今天也會吃到軟綿綿的麵包才是。雞蛋和水果還夠嗎？烤布丁塔的日子是星期幾呢？

人們的生活就在那裡。

以為每日的平穩會永遠持續下去……不，他們連想都不會去想吧。所謂的日常就是這麼回事。自己遲早會死的事實，悄悄地常駐在內心一隅，所以人們才會養育孩子，努力迎向明天。

只有觀風知道。

阿迦奢將會滅亡。

眼睛後面十分疼痛。觀風忍不住閉上眼睛，烙印在眼簾中的是那幅景象。觀風是化為廢墟的阿迦奢；是大人們掐著最後幾個孩子的脖子的光景。觀風頓時湧起一股想吐的感覺，他捂著嘴睜開眼睛，看到的是目前依然美麗的阿迦奢城市，還看得到麥田。兩者的差異令觀風的精神出現裂痕。裂痕不斷地擴大……總覺得自己遲早有一天會支離破碎。

不如索性……

觀風往下看，不如索性先粉碎自己吧。

趁美麗的阿迦奢還存在時。

在這天清氣朗的日子裡；在這風和日麗的日子裡。

有個人走在石塔的下方，身上穿著娑門服。那個人是誰呢？觀風注視著對方，對方似乎也察覺到了什麼，把頭抬起來。由於距離很遠，觀風分辨不出那個人是誰，那個人揭下兜帽。

隨便紮起來的亮茶色……稻草色的頭髮。

哦……是明晰。

明晰正揮著手。他猛揮著手，嘴巴不知道在說什麼。

觀風也想對他揮手，於是將上半身探出去，面向下方。手臂比平常還要重，有種被往下拉扯的感覺。

粉碎自己。

在這天清氣朗的日子裡——

「啊啊——！」

大黑激動地大叫。牠在極近的位置啪沙啪沙地扇動翅膀，觀風回過神來抓住窗框，刻著六條線的手掌登時發疼。

剛才，自己到底打算做什麼呢？

就在觀風驚慌失措，將垂下的頭抬起來時——他在遠方的天空中，發現了那道身影。

那道身影在半分山的附近飛翔。

因為距離相當高，那道身影看起來像一隻鳥。會這麼認為，是「在天上飛的必定是鳥」這種先入之見使然。不過，觀風知道那是什麼。

那道身影是奇羅那；是翼龍。

樓陀羅一定就坐在上面。

內心浮現這個名字的瞬間，觀風想了起來。他清楚地想起自己還活著；真真切切、明明白白地感受到這項事實。

這隻手還記得。

記得緊擁樓陀羅時的觸感。

乾燥粗糙的嘴脣還記得……臨別之際的吻。

此外也還記得，他輕聲對自己說過的話語。

——尤安，你是我的阿邇達。

記得是記得，但此前觀風或許並未真正理解這句話的含意。不過現在，他知道了；真的明白了。

觀風——尤安．法爾科納，是樓陀羅的阿邇達。

是岩山的少頭領的阿邇達；是唯一能以伽婁多為友的部族——擁有青背能夠自在飛翔的【天空之民】的阿邇達。

樓陀羅不受束縛。

總是與翼龍一起，自由自在地飛翔。

那麼觀風也必須如此才行，即使這具肉身辦不到，心靈也必須如此才行。自己怎麼可以接受滅亡。當然也不可能讓自己精神崩潰，不可能讓自己從這扇窗跳下去，不可能讓自己在睡眠中度過餘生。樓陀羅的阿邇達，絕對不會做出那種選擇。

悠然飛翔在遠方天空的翼龍，不久就看不見身影了。

「我已經不要緊了。你回去吧。」

觀風這麼告訴大黑。

聰明的大烏鴉逐漸飛離石塔。

往下一看，明晰還站在那裡。看樣子他會一直待到觀風返回室內為止。想必剛才害他嚇破膽了吧。下回要是見到他，自己說不定會被他踹飛。觀風面露苦笑，離開窗邊。

必須把臉洗乾淨才行。

自己已邋遢了幾天呢？該刮掉鬍子、梳整頭髮、更換所有衣物——迎接第七夜了。

自己第一次往下走。

走下這座樓梯。

能獲此殊榮，【秩序娑門】激動到身體就要顫抖起來。珂璉之崗上最尊貴的這座石塔，以及這座石塔最尊貴的地方——當然不是指爬上螺旋樓梯後，位在中層的賢者居室。繼續往上爬的話，最上層有一尊無臉的如來像，但也不是指那裡。

其實，如來真正的所在之處位於地下室。

知道這件事的只有具備天職的裟門。

而且這些裟門當中，曾被召喚至地下室的人不到半數。基本上那是只有賢者才能進去的地方，不過仍然有裟門會被請到那裡，只是這種情況少之又少。由於這真的是很罕見、很重要，而且很隱密的事，故無法告訴任何人。這讓秩序覺得有點可惜。他真想向總是瞧不起自己的明晰炫耀：自己被召喚到神聖的地下室了！自己能夠在那裡，親眼見到如來！

不過，秩序當然不可能違反禁令。

今天早上，秩序在聖廟見到了明晰，但並未與他交談。那個男人很難得擺出嚴肅的表情，不知在跟治癒說什麼。「七夜的衣缽」應該已在昨天結束了才對，難道是賢者出了什麼事嗎？聽說也有人撐不過七夜而精神崩潰，只是這種情況不多見。就算那個男人落得那種下場，秩序也不痛不癢。對方那張毫無表情的臉孔本來就不討秩序喜歡，何況之前還因為非者的事害他吃了苦頭。

無論那男人出了什麼事，自己應該很快就會知道了吧。

因為初出之儀即將舉行。

此時此刻，秩序正沿著樓梯往下走。

雖然這是一座漆黑又狹窄的螺旋樓梯，但他一點也不害怕。既然能夠見到如來，自己又何須感到恐懼？祂可是秩序奉獻自己的一切、盡心盡力效勞的神聖奇蹟……他從早上就一直很興奮，興奮到什麼也吃不下喝不下。

走完長到超乎想像的樓梯後，眼前出現一道威嚴的石門。

多麼精美、莊嚴的石門啊。中央的凹雕呈手掌形狀，因此這道石門稱為【掌之門】。不過，到處都沒看到門把。秩序不知道該怎麼進去裡面，困窘了好一會兒。當他在門上到處亂摸，不經意碰到掌形凹雕時，那個部分突然發出柔和的光芒。

秩序嚇了一跳，險些腿軟。

他忍不住往後退，並且東張西望。但是，這裡當然沒有任何人可以求助，因為現場只有自己一人。

秩序再次伸出手掌，輕輕碰觸那個凹雕。

轟、轟轟……石門發出沉重的聲響自動開啟。這也是一種如來的奇蹟嗎？他努力驅動因敬畏而發抖的雙腿，當他看到房間內部的景象時，更是驚訝到下巴都快掉下來。

多麼寬敞啊。這個空間跟想像中的地下室天差地遠。牆壁與天花板全為石造，而且這裡分明沒有蠟燭，牆壁與天花板卻處處亮著微光。不僅沒有一點灰塵，也沒有地下室特有的霉味，只有相當清淨的空氣包圍著秩序。

——我的孩子，秩序娑門啊。

看向聲音的來處，秩序當場跪了下來。

如來就佇立在房間中央、最明亮的地方。

第一次得以拜見祂的尊容，秩序不禁心懷敬畏低下頭來。

他本來想向如來表達能夠拜謁祂的喜悅與感謝，事前還想了好幾個華麗詞藻，結果卻因為太過緊張而說不出話來。

就在這個時候，如來體貼地對他這麼說。

——來，你可以再靠近我一點。

秩序依舊不敢抬頭，他戰戰兢兢地走過去，移動到如來所指的另一種顏色的石板上後，再度跪了下來。

「感……感謝您此次召喚尚只是個資淺娑門的我……」

——呵呵。秩序，你真是個真誠的孩子啊。用不著那麼拘謹。聽我說，我的孩子。我之所以召喚你，是認為你最值得信賴。

「最」值得信賴。祂說自己「最」值得信賴。

這句話登時令秩序心潮澎湃。

他依舊看著下方，回答如來：「能得您此言是我無上的光榮。」聲音不由自主地變尖。

——當然，擁有天職者都是可以信賴的娑門。不過，你是特別的。不僅優秀到以最小的年紀獲得天職，對信仰也極為虔誠，而且毫不吝惜奉獻自己……秩序，你實在是令我驕傲的娑門啊。我有些事只能告訴你，所以才會召喚你過來。

「請您儘管說，儘管命令我。」

——好，我會告訴你。但我不會命令你，我是寬容與慈悲的引導者，絕對不會命令你們。

「是、是的。」

——因此，聽完這件事後，該採取什麼樣的行動就由你全權決定。希望你仔細考慮，該怎麼做才能維持阿迦奢的秩序。

「遵命，我向您保證，絕對會站在擁有秩序天職的娑門立場，採取正確的行動。」

——真是可靠的承諾。那麼把頭抬起來吧。請你看著我的臉，聆聽我的煩惱。

心臟仍跳得飛快的秩序，戰戰兢兢地抬起頭。

包圍如來的光芒變得柔和一點，因此秩序可以看清楚祂的容貌。如來輕飄飄地浮在空中，身穿金色衣裳，祂的面容……面容是……

「母……母親……」

——愛哭鬼。

那是母親的臉孔。

那是母親的聲音；是母親……稱呼自己的方式。

那是已不在這個世上的母親。

——原諒我借用了在你年幼時，如此呼喚你的母親形體。

母親在說話。

這個世上最愛自己的人在微笑。

淚水不受控制，沿著臉頰滑落。秩序並非感到悲傷，反而開心到情不自禁地露出微笑。

如來以母親的模樣示現，對秩序而言沒有比這更幸福的事了。

——我們的土地阿迦奢，將要面臨巨大的變化。

母親的表情看起來有點憂慮。

——帶來此變化的，正是新任賢者。我們的賢明之人得到智慧後，欲選擇過於殘酷的道路。我不會否定他的選擇。可是，我也不敢斷言這個選擇是正確的。最起碼，過去從未有賢者選擇那條路，甚至連提都沒提過。

「過於殘酷的道路……新賢者打算做什麼呢？」

——進入森林。

母親的……不，如來的回答，令秩序吃驚地睜大雙眼。

——他想進入禁地，與非者建立友好關係，為了獲得新的水脈。

「這……怎麼可以。非者是罪人的子孫！」

——沒錯。而且森林並非阿迦奢的土地。因此，森林之民不是我的孩子，我無法直接干預。

「既然森林沒有如來的庇佑，就不該進入森林。水脈？水用地下水就夠了，為什麼賢者要做那種……啊——一定是為了那個非者。絕對錯不了。如來，我明白了。觀風……新任賢者是被執著所困。」

——賢者同樣是我的孩子。我相信他值得信任，但……

「仁慈的如來啊，您不該原諒他。竟敢為了區區一個森林之民、為了區區一個非者……！這是絕對不能容許的事。假如只是個人的問題倒也罷了，可如果那麼做會使阿迦奢面臨危險……我認為他已不夠格成為賢者！」

如來聞言露出悲傷的微笑。就算不夠格成為賢者，觀風也已是賢者了。這件事是無法推翻的……母親的表情看起來，彷彿在如此訴說著。

——我是不強迫任何人的寬容者，因此不會阻止賢者。

「是，這件事不需要如來您出面。」

根本不需要命令。

因為秩序我會主動展開行動。我會做秩序娑門該做的事，為了守護我們的土地、如來的土地，以及阿迦奢的秩序，任何事自己都會去做。

即便是會使自己墜入地獄的事，我也在所不惜。

第八章 鐘樓

在阿迦奢的習俗裡，賢者的馬車必須以鮮花裝飾。

如果是在隆冬時節舉行初出之儀，要準備鮮花就得費一番工夫，不過現在正值初夏，有足夠的種類可以選用。優雅的四輪無頂馬車，以象徵賢者的白色花朵為主要裝飾，再搭配五顏六色的花朵。此外還飾以象徵【觀風娑門】的藍色緞帶，車體本身則漆上代表祝賀的金色，拉車的兩匹馬兒也戴著花冠。

初出之儀是賢者首度公開亮相的儀式，自然不能看不到賢者，因此座位設置得很高。

坐在那裡的新賢者則身穿白色袍服，披上燦爛奪目的金縷衲袈裟，繡在上頭的圖案為飛舞於藍天的鳥群。

看來「七夜的衣缽」令他精疲力竭吧，明顯消瘦的臉頰上出現陰影，但這樣反而為那副容貌增添憂鬱的美，並給人某種神祕感。雖然態度還是一樣冷冷淡淡的，不過他很真誠地注視著民眾的眼睛，偶爾以合掌回應歡呼聲。

「賢者大人！」

「新賢者大人！恭喜您！」

「賢者大人！請您指引我們！」

青天之下，風勢略顯強勁。這裡是阿迦奢城內的「紅石大道」。

這是一條鋪著偏紅色的石板、寬敞又美麗的道路。道路兩側林立著美輪美奐的石造商店。男女老幼在路旁列隊，大聲歡呼。全阿迦奢的人民，此時此刻應該都在歡迎、祝賀新任賢者吧。

不過，明晰除外。

「明晰大人！請您成為賢者大人的助力喔！」

民眾會對著馬車這麼呼喊，是因為明晰也坐在馬車上。明晰擔任隨侍坐在賢者旁邊，座位則比賢者低一點。

這是因為根據習俗，與娑門時期的賢者關係最親密的人物要坐在這裡。

「……真不敢相信。」

明晰對著民眾展露勉強擠出來的笑容，同時語帶不悅地說。

對於他的反應，坐在旁邊的好友咕噥著回答。

「雖然內容令人不敢置信，但那確實是我在『七夜的衣缽』中得知的未來世。我省略了很多細節，不過剛才說的話沒有半句謊言。」

「我不是這個意思，我相信你從如來那兒得知的事。雖然聽完大吃一驚，不過我相信你。畢竟你不可能說謊騙我……況且有些內容也跟我一直耿耿於懷的疑問吻合。」

「疑問？」

「阿迦奢這塊土地，以及記載下來的歷史，一直讓我感到很不自然。不過這件事之後再說啦。聽好了觀風……不，新賢者。我不敢相信的是，你居然在此刻這種場合；在我們兩個搭乘這輛華美的馬車時；在連驚訝的表情都不能露出來的時候，跟我說起這種令人震驚的真相！未免太突然了吧！」

「我認為應該盡早告訴你比較好。而且昨天忙著做準備，沒辦法離開石塔。」

「再說，『七夜的衣缽』是機密中的機密吧……你竟然滔滔不絕地全吐出來……」

「因為對象是你，之後我也會告訴治癒。除了你們，我想不到還有誰願意為我擬訂的魯莽計畫提供協助。」

「那倒也是啦。因為實在太魯莽了，連我聽完都驚呆了，要不然我還真想大叫出來。內心分明那麼驚訝，卻還得笑咪咪地揮手，你也設身處地替我想一想啊。」

周圍充斥著民眾的歡呼聲，因此兩人的對話不會被任何人聽到吧。就某個意義來說，這裡搞不好比有侍童豎耳偷聽的賢者居室還要安全。

話說回來。

明晰苦惱得想抱住腦袋。

從觀風那兒得知的資訊當中，有幾點他也贊同。例如因水而起的疾病，這樣一來也能合理解釋三葉草村的事件。

民眾使用的井水，其實是由受汙染的地下水淨化而成的水，而且水是經由埋在地底的管子輸送到水井……如此一來也就可以說明，因水而起的疾病為何逐漸增加。除此之外還有幾件事，也都跟明晰看過的大量古書紀錄有部分吻合。

不消說，完全聽不懂的部分也不少。即便是明晰也無法即時消化如此龐大的資訊量，此刻頭腦混亂到了極點。可是，現在他坐在馬車上，這些事只能之後再去想吧。

「……如來說，你是頭一個嗎？」

「對，過去至今，從來沒有賢者斷然表示不接受預言。」

「那麼，你是向如來主張，至少水的問題有辦法解決是吧？」

「最起碼就我所見，森林的水源很豐沛，而且並未受到汙染。說不定只要把森林的水引到阿迦耆，大家就不必使用受汙染的水了。」

「說不定啊……不過，我們得對森林的水源多做一些調查，否則可不可行還很難說哪。」

「森林裡的樹木能發揮保水作用，山上的水也會流到森林。尤其高山的積雪到了春天便會融化，供應森林大量的水……聽說是這樣。」

明晰還沒不識趣到問觀風這是聽誰說的。

雖然明晰的確有點想開他玩笑，最後還是決定作罷。再也無法見到心愛之人的傷痛要痊癒還得花點時間吧，況且現在也不是適合開玩笑的時候。因為這位魯莽的朋友，一當上賢者就打算幹一件驚天動地的大事。

「這樣就必須跟森林之民談一談了哪。」

「如來說，這是不可能的。還說被放逐的他們不是祂的子民。」

「也是啦，我不認為對方願意跟我們交好。畢竟長久以來我們都鄙夷他們，蔑稱他們為非者。想必他們一定很痛恨我們吧。」

「就算無法交好，還是可以交易吧，我們擁有他們想要的東西。」

「……喂，不會吧。」

明晰猜想到觀風心中的盤算，登時收起臉上的諂笑。珂璉的奇蹟……這位過於大膽的新賢者，正打算拿這玩意兒當作交易材料。沿途不斷傳來民眾熱烈的歡呼聲，但明晰已無餘力回應他們。

「這、你……就算森林之民答應交易，阿迦耆的人民也不會坐視不管。那可是直到前陣子都還不准順英人的小孩與老人使用的藥。你要將這種藥分給森林之民嗎？」

賢者大人、賢者大人……一群小孩子拚了命地對觀風揮手。

其中一個孩子甩開制止他的大人，朝馬車衝了過去。幾名負責護衛的娑門本來要攔下那個孩子，觀風見狀表示沒關係，並將上半身探出馬車。孩子的手裡拿著形狀有點歪七扭八的花環。新任賢者誕生後，家家戶戶都會製作花環來裝飾。

觀風收下花環並說「願如來保佑你」。孩子滿臉堆笑。

「……我或許會遭到怨恨呢。」

重新坐好，並將醜醜的花環戴在頭上後，觀風這麼說道。

「遭到怨恨就能了事的話，你就該謝天謝地了。到時候順英人和珂璉人都會與你為敵，人組成集團時的暴力性是很可怕的喔。再說他們又非常討厭森林之民。」

「的確如此。明明沒見過森林之民，卻討厭、憎恨著他們。畢竟從小就被灌輸偏見，周遭又把他們形容得跟怪物沒兩樣，不管是誰都會產生這種心理。」

「你打算從這裡開始改變嗎？」

觀風點頭稱是，那是一張毫無迷惘的側臉。

「我認為那是最好的做法……只要花上順英人三個世代左右的時間，觀念就能有一些改變吧。但願來得及……因為水質汙染可不會等我們呢。」

「水質的狀況，我和萌芽及基礎應該能做一定程度的調查吧。只要有賢者的命令就能展開行動。但是，如來應該不樂見我們這麼做吧。」

「祂很難過。不過，如來是兼具寬容與慈悲、指引我們的創造主。」

沒錯，如來不會強迫他們。

這是明晰很好奇的一點。古代的眾神當中，也曾有過更為嚴厲、更為凶猛的神。祂們會毫不留情地處罰不遵守教義的人，有時甚至會奪人性命。正因如此，信徒們才會尊敬神明，不會違逆祂們。

「如來的確寬容，不會下達絕對的命令……應該說根本沒有必要，因為賢者絕對不會違逆如來。接受如來提出的未來世，無法接受就自盡，只有這兩種選擇。之前……都是如此，所以長久以來都沒有問題。可是，一旦出現像你這樣的人時……」

明晰話說到一半就頓住，緊接著一臉嚴肅地將身子探向馬車夫。

「改變路線！」

握著轠繩、吃驚地回過頭的馬車夫，是【指導娑門】的下屬。公開儀式的指揮調度是由指導負責。「可、可是……」因擅長駕馬而於本次儀式擔任馬車夫的娑門不知所措地說，「馬車的路線事前就規劃好了。上面要求必須走能確保安全，並且讓更多的民眾見到賢者的路線。」

「這種事我知道！就是因為事前規劃好了才不妙！擁有天職的娑門全都知道路線……總之，立刻改走其他的……」

明晰說到一半時，天空突然傳來「嘎啊！」的怪聲。他立刻抬頭察看，發現大黑飛降到相當低的高度，並且不停地啼叫。這種激動大叫的聲音代表警戒。觀風也注意到異狀，打算站起來，明晰見狀立刻大喊：

「別起來！」

幾乎同一時間，一枝箭射穿了觀風所披的衲袈裟。

雖然並未射中身體，但就差一點而已。

民眾當即鼓譟起來，氣氛陡然變得緊張。

糟了，太晚發現了。如來不會強迫他們，也不會予以懲罰。就連頭一個反抗如來的觀風，其賢者的資格也沒有遭到剝奪。

寬容，的確如此。

因為沒必要強迫，甚至連要求都不需要吧。

祂只要難過就好。

只要這樣，那個願意為了如來不擇手段的人；那個擁有一大群面具部下的人就會展開行動。而且面具他們……平常是以順英之民的身分生活，沒有人知道他們的長相。

咻！破風聲再度竄入耳裡。

第二枝箭更加逼近觀風，擦過他的額頭。那張俊美的臉龐頓時流下鮮血，民眾見狀忍不住尖叫。馬車停了下來，馬兒害怕地嘶鳴，四周陷入混亂。危險的已不止觀風一人，要是引發恐慌，民眾也會受害。大黑不斷在觀風的上方盤旋，似乎在尋找放箭的犯人。

「你在想什麼！我不是叫你別站起來嗎！」

見觀風在這種情況下還想起身，明晰抓著他的肩膀打算強迫他趴下來。沒想到觀風卻反過來按住明晰的身體，輕而易舉地讓他坐回位子上。

許久不曾如此真切地領教這男人的臂力，明晰頓時怒上心頭大吼：「你想死嗎！」

「麻煩你告訴我怎樣才不會死。射手有幾人？」

「……嘖，兩枝箭都是從同一個方向射來的。射手多半只有一個人，對方無意造成額外的犧牲吧。那個人應該就在周圍建築物的二樓以上，或是在屋頂上。」

「如果是屋頂上，大黑正在搜索。」

語畢，這次觀風真的從座位上站起來，而且還大大地張開雙手吸引民眾的目光。快要陷入瘋狂的人們隨即注視著賢者。大家都很驚訝，仰望著額頭流血的賢者。

「阿迦奢的民眾，我的家人啊。」

觀風扯開嗓門說道。

明晰不禁佩服觀風，原來他有辦法發出這麼大的聲音啊。而且不只音量大，他的聲音還鏗鏘有力、悅耳動聽，完全不擺架子，一下子就抓住聽者的心。

「看來，有人對我當上賢者一事感到不服。沒關係，畢竟我距離完美還很遙遠，這也是沒辦法的事。可是，如果不用言語表達，我就不會知曉他的不服。我甚至無法得知，自己犯下什麼過錯。希望他在射殺我之前，能夠告訴我理由。希望他不吝賜教……因此，我想見這個企圖射殺我的人。」

馬車的周圍安靜得嚇人。

大家都不想聽漏賢者所說的每一個字。此外，箭也沒再射過來。難道連射手都在聆聽觀風說話嗎……不，從實際一點的角度來看，應該是因為在這個寂靜的環境下放箭，射手就會暴露自己的位置吧。

「能使我謙虛的箭，似乎來自這一帶的建築物二樓以上樓層……我想跟那個人交談。有沒有人願意幫我找到他呢？」

「我去看看！」

馬上就有幹勁十足的聲音自告奮勇，一名強壯的順英男子進入石造建築物裡搜索射手。

其他的男女老少也紛紛響應展開行動，連幼小的孩子都主動表示想要幫忙，但因為年紀還小而遭父母勸阻。

除此之外，還有民眾高喊「保護賢者大人！」，聚集在馬車周圍。當中甚至有人爬到車輪上，明晰還得幫忙扶著對方的屁股。

「怎麼會這樣啊。」明晰忍不住笑道。在這種狀況下，射手只能丟下弓箭逃之夭夭了吧。

這一帶的商店很大間，因此射手有可能從後門逃走。觀風多半連這點都考量進去了，他並不是真的想要抓住射手。因為他知道，射手十之八九就是面具，而且要讓對方招供並非易事。

「……好痛。」

觀風終於坐下來，按著額頭喊痛。

明晰先是對站在車輪上的男子說：「我想應該不要緊了。」然後檢查觀風的傷勢。

幸好，傷口並不深。

「居然第一天就差點遭到暗殺，我的朋友果真跟過往的賢者不一樣哪。」

明晰這般發著牢騷，並幫忙用手帕按著傷口。

「嗯，看來賢者不是一份輕鬆的工作呢……」

「好好按著止血啦。要快點去給治癒診視才行。」

「俊美的賢者都破相了。」

「喂，你剛剛是說自己俊美嗎？你是會講這種話的人嗎？」

「我對自己的臉沒興趣，但民眾喜歡這張臉。既然如此這就是一項優勢吧……我必須獲得民意才行。為了保有森林的水脈，這是最不可或缺的東西。」

「唉，也是。」

明晰嘆氣道。

馬車仍停在原地。到處都有人從四周的民宅窗戶探出頭來，此外還聽得到「找到了嗎？」、「不，這邊沒有。」之類的對話聲。

大家都為了觀風而奔走。

幾十年來，觀風每天都一定會預報天氣，也會注意田地的狀況，雷雨接近時還會趕到鐘樓敲鐘通知眾人。這些事情，想必順英之民比珂璉人還要清楚。

「……但我對政治不拿手，而且又不和藹可親。」

「你剛才指揮得很不錯喔，不過死亡機率也很高就是了。」

「我考慮設置顧問一職。」

「顧問？」

「負責向賢者提供建議，由擁有天職者兼任。」

「喂，你該不會……」

「要是好友窩在石塔裡不出來你會很困擾吧？」

的確沒錯啦，但……明晰無法立刻點頭答應，整個人頓時僵住。他不認為這位賢者追求的事物是錯的。就算撇開對好友的偏袒來看這件事，想必依然是正確的。

然而，這同時也是過於劇烈的變化，亦是改革。

屆時甚至有可能掀起波瀾、騷亂與暴動吧。這等於是在邀請自己，與他一同走在狂風暴雨當中。

「拜託你。」

觀風的聲音很低啞。

那雙流露不安的灰藍色眼眸看著明晰。朋友毫不掩飾自己的脆弱，一心一意地、認真地、央求似地這麼說。

「只靠我一個人沒辦法，絕對沒辦法。」

「……就算有我在可能也沒辦法。」

「是有這種可能呢。」

「你不拜託治癒嗎？」

「……因為也需要有人在檯面下行動，我打算拜託他這件事。」

「那小子可能不會答應喔，因為他是個喜歡安寧更勝冒險的人。」

「也是，」朋友喃喃地說，「但我還是會拜託他看看。」

明晰仰望天空，罵了一句不像娑門會講的髒話。他不是在罵觀風，而是在罵自己。反正答案早就確定了，為什麼自己還有片刻的猶豫？回答得更爽快一點不是比較帥嗎？

「我就幫你吧。」

明晰以賭氣的口吻答道，觀風聞言睜大雙眼。

「真的嗎？」

「我從來不曾說謊。」

「我覺得這句話本身就是一個謊言了耶。」

「我不曾對你說謊……大概。」

聽明晰這麼一說，觀風想了半晌後回答：「也許吧。」畢竟兩人認識多年，明晰或許曾說過一、兩個謊，但應該都是無傷大雅的小謊，所以不算進去也沒關係吧。

「但有個條件，顧問要設置兩席——我和秩序。」

見觀風一副啞口無言的模樣，明晰便補上一句「敵人要放在身邊」，於是好友才一臉複雜地點頭答應。

「賢者大人，好像沒找到放箭的那個人。」

護衛小跑步過來，回報狀況。

明晰仰望天空，尋找大黑。牠停在商店的屋頂上，看起來很平靜，如此看來射手已不在這裡了吧。觀風點頭，再度站起來，向幫忙的民眾合掌表達感謝之意。民眾同樣對他合掌，行注目禮。

之後馬車再度駛動，熱鬧的初出之儀重啟，歡呼聲充斥著街道。

為了讓民眾能清楚看到賢者，馬車緩緩地前進。

就在還剩一點距離……再走一小段就能通過「紅石大道」時。

他們再度聽到大黑的叫聲。

不只如此，停在各個屋頂上休息的其他小鳥也全都飛起來，彷彿在害怕什麼似的。

「那、那是……」

馬車夫指著某個地方，語帶顫抖地說。

遠處可見的森林上方，出現了多到數不清的小黑影……是鳥。連森林裡的鳥群都同時飛上空中。為什麼眾多鳥兒就像說好了一般全驚飛而起呢——那是動物的逃避行為。

牠們正在逃離某樣事物。而且，鳥類擁有比人類優秀的感覺機能………

咚！馬車突然像是被什麼往上頂般晃了一下。

不對。不是馬車，是地面在晃動。先是大力地垂直震動，隨後變成水平搖動。是地震，而且是很大的地震。明晰曾在文獻上看過從前的地震紀錄。此外，他自己也曾在小時候經歷過一次，但當時並未搖晃得這麼大力。

至於壽命比珂璉人短的順英人……此刻在場的大多數人，都不曾經歷過地震，也沒有相關知識。

現場聽得到東西垮掉的聲響、東西倒塌的聲響，以及東西毀壞的聲響。尖叫聲四起，小孩嚎啕大哭。

民眾想逃離現場，卻不知道該逃去哪裡才好，因而陷入恐慌狀態。

「別亂跑！就地趴下，保護頭部！孩子由大人抱著！」

明晰拚了命地大喊，但他的聲音幾乎傳不出去。馬車遭逃竄的人潮推擠而傾斜。這輛馬車雖然華美，卻不堅固。

在馬車完全傾倒的前一刻，觀風一把抱住明晰，帶著他跳下馬車。隨後馬車就完全翻覆，兩人趕緊躲到馬車底下，以防自己被掉落物砸到。遇到大地震時，石砌建築物容易崩塌。

地面過了一會兒才停止搖晃。

明晰掃視一圈，似乎沒有房屋嚴重坍塌。既然如此，應該也沒人被壓在倒塌的東西底下。不過，現場還是看得到遭人潮推倒的人，或是跌倒受傷的人。觀風抱起在附近哭泣的孩子安撫他。

「有沒有受傷？」

明晰問，觀風回答「沒有」。當然，不包括額頭的傷。好不容易快要止住的血又流了出來。明晰點了個頭後，爬上橫倒在地的馬車，對著仍舊驚慌失措的民眾喊話。

「大家沒事吧？冷靜，如果周遭有人受傷麻煩幫個忙。地震以前也發生過，儘管如此阿迦奢這塊土地至今仍安然無恙。不必過度驚慌，但是依舊要當心。之後可能還會再發生搖晃。為了避免危險，不要進入房屋內，要去開闊的地方避難。從這裡出發的話，西邊的廣場……」

「不行。」

觀風出聲制止，明晰登時停頓下來。

當上賢者的朋友仰望著天空。他正在觀測雲的動向……不，是風的流動。幾乎同一時間，明晰的鼻子聞到了某個味道，當下不由得顫慄。

「不能去西邊。那裡是下風處。」

嗅覺敏銳的觀風，早就察覺到這個味道……煙的味道吧。附近似乎發生了小火災。由於現在是白天，大多數的民宅都沒有熄滅灶火。

「去哪裡才好？」

「上風處的直角方向——東南邊的休耕地。」

「不會太遠嗎？這裡也有老人跟小孩。」

「風勢很強。一旦火勢變大很快就會蔓延開來。」

「大家到東南邊的休耕地避難！」明晰點了個頭後，便對著民眾大喊。「地震之後可怕的是火災！家住附近的人，先把灶火熄滅再去避難！也要留意蠟燭！小孩、老人跟病人就用載貨馬車載走！聽好了，去東南邊的休耕地！基礎的下屬有在這裡嗎!?」

「在！」

群眾當中，有名身穿娑門服的男子舉手道。

「趕緊將我剛才說的話，轉達給貓兒街與碎布路的民眾！舊區都是木造建築，一定要把火熄滅再到東南邊避難！此外也要通知其他娑門請他們幫忙！」

「遵命！」

接到指示的娑門立刻奔離現場。

基礎的下屬人數眾多，最重要的是他們很熟悉城裡的建築與設備。希望他們能順利地引導民眾避難。

明晰下了馬車後，發現觀風仍然盯著天空。額頭那道裂開的傷口血流不止。明晰扯破自己的衣袖，撕成繃帶狀，這是以前治癒教他的應急方法。他將布條纏在觀風的頭上。

這段期間，觀風依舊目不轉睛地看著天空，喃喃地說：「如果上到鐘樓，就能察看整個城市的狀況了。」

「勸你別去。鐘樓位在舊區的正中央，而周邊的下城地區全是木造建築，要是附近起火，一轉眼就無處可逃了。」

用不著他提醒，觀風也明白這一點吧。觀風老實地點頭回應，並為明晰笨手笨腳地替自己包繃帶一事道謝。

明晰深深地感受到，觀風果真變了。雖說他原本就是個彬彬有禮的男人，但以前必定會感到的「冷漠」已經消失，反而多了一點溫暖。

某處傳來呼喊聲。

此外還看得到滾滾升起的黑煙……看來是發生大火了。他們也得避難才行。必須先將賢者帶往安全的地方。「帶賢者大人回到山崗上的石塔。」明晰命令其中一名負責護衛的娑門，「不能妨礙民眾避難。不過，就算有人求救也要以保護賢者為優先。」

「明晰，這……」

「今後你還有重大的工作要做不是嗎，先保護好自己的生命吧。」

明晰這句話讓觀風閉口不語，儘管表情看起來很不服，他還是騎上了馬背。護衛則跟在旁邊。

「明晰，那你呢？」

「我去東北邊的穀物倉庫。那裡是上風處，而且那棟建築物很牢固，也可以爬到屋頂上。這樣一來就能察看城裡大部分的狀況，方便下指示。」

「知道了。」

當觀風這麼回答時，大地再度晃動起來。雖然搖得不如剛才劇烈，仍然激起人們的恐懼心理，到處都聽得到尖叫聲。但同時也聽得到「沒事吧？」、「有沒有房子垮了？」、「快把孩子帶來這邊！」等順英人互相幫助的對話聲。他們不僅肉體強壯，內心也很堅毅。

由於地震並未大到足以令建築物嚴重損毀，目前該注意的還是火災。阿迦奢城內有許多建築物密集的地區，之前也常為火災所苦。

但也因為這個緣故，民眾的防火意識很高。

各鄰里都有防火團，也會定期做訓練。只要防火團能順利發揮功能，或許就不會造成太大的損害。不過，風的強度實在令人憂心。

唉……真是意外連連的初出之儀。

明晰目送著逐漸遠去的兩匹馬兒，心裡如此想道。

將來這起事件的始末會記載在史書上吧。為了讓史書上的記述，以「災損不大，民眾與賢者都平安無事」作結，自己必須去做明晰娑門辦得到的事。

明晰這般判斷後，便與觀風分開行動，然而——

短短一個時辰之後，他就會打從心底後悔做出這個決定。

這樣的開始實在算不上吉利。

觀風騎馬奔馳，忍不住在心裡嘆氣。自己先是在「七夜的衣缽」中拒絕接受如來的預言，接著在初出之儀的遊行途中遭暗箭射傷，之後還發生地震。看來自己何止是前途堪憂，簡直就是出師不利，才剛開始就禍不單行。自己當上賢者一事是不是根本就錯了呢……雖然觀風忍不住想要這麼想，但他並不想後悔。

為了樓陀羅……這的確是其中一個原因。

觀風知道這是個太過私人的理由，但他並不以自己的選擇為恥。無論是誰，都會為了心愛的人去做自己辦得到的事，不是嗎？生在法爾科納家，觀風從小就接受成為一名賢者的教育。注重理性，情感則沉入內心深處，將人生奉獻給如來——過去他以為這是自己的宿命。只不過他有個反對這件事的朋友，自己又捨不得跟中庭裡的動物們分開，這件事才會一延再延。

接下來，樓陀羅就出現了。

觀風為了樓陀羅成為賢者，樓陀羅卻離開觀風，只留給他一個吻。

自己會不會變成一具空殼呢——

觀風也曾有過這樣的憂慮。

自己有生以來，頭一次感受到那麼強烈的情感……那誠然就是激情，此外也是頭一次感受到擁抱他人時的體溫、頭一次感受到他人渴求自己時的喜悅。

結果，翌日他就失去了這一切。

不，說「失去」並不正確。

樓陀羅確實不在這裡了，但觀風心中萌生的新情感並未消失。不消說，喪失感當然很大，他也曾在樓陀羅住過的客房裡，發呆很長一段時間。直到現在他仍不敢吃瑪德蓮，就連樓陀羅用過的裝飾珠也不敢看。

觀風當然也經歷過，瘋狂思念著不在自己懷裡的那個人，因而無法成眠的夜晚。

事實上，他幾乎每晚都是如此。

超乎想像的喪失感折磨著觀風，但不可思議的是，「愛著某個人」這種感情卻沒有消失。甚或可以說，這種感情非但沒消失，反而還在觀風的心中扎根。

觀風原本就鮮少對他人執著。

與其說他不執著，或許應該說他擅長忽視自己的執著。觀風也覺得，明晰很瞭解自己這種麻煩的個性。

那就好似被硬殼包住的種子，雖然埋在心裡，卻遲遲沒有發芽。

若要發芽就需要大量的水分——而給予水分的人就是樓陀羅。

那顆種子發芽後，迅速長成一棵大樹。

而且那棵大樹結出了各式各樣的果實，有甜美馥郁的戀情果實、火熱濃烈的情慾果實，也有「需要朋友」的果實、「慈愛弱者」的果實，還有「想要保護阿迦耆人民」的果實。

所有的果實都是觀風不可或缺的事物。

每一顆果實，都綻放著燦爛絢麗的光芒。

「賢者大人，請您當心。」

護衛停下馬兒並這般提醒道。前方看得到一名男子撥開避難的人潮，拖著右腳往這邊趕過來。

對方是順英人，但觀風不認得他的長相。

「觀、觀風大人，啊！賢者大人！恕我失禮了！」

被護衛擋下來的男子仰望著觀風。

「我有話……」男子的語氣非常著急，「我有話、要轉達給您。是愛兒館的人託我傳話的……」

觀風騎馬來到男子旁邊，催促他說下去。

「保母說，有、有幾個孩子跑去鐘樓了。因為風向不佳，保母便阻止他們，但還是有孩子跑掉了。」

觀風俯視著急赤白臉的男子，驚訝到說不出話來。鐘樓？怎麼偏偏跑去那裡？

「好像是一個名叫小雪的孩子說，觀風大人一定會去那裡，因為觀風大人以前說過，鐘樓是適合觀測風象的好地方……啊啊啊，該怎麼辦才好……保母她們要帶其他的孩子避難，沒有餘力去找他們。我本來打算代替她們過去看看，結果被掉下來的磚塊砸到腳，成了這副模樣……」

男子的話還沒說完，觀風就已操作韁繩讓馬兒轉向。

「賢者大人，萬萬不可！」護衛慌張大叫，但觀風充耳不聞，策馬奔馳起來。

他邊騎邊確認風向，並且動用嗅覺。不要緊，還來得及，目前鐘樓那兒尚未竄出大火。

馬兒朝著與避難民眾相反的方向狂奔。

看得見鐘樓了。不久之前那裡還在敲鐘催促眾人避難，現在已聽不到鐘聲了。敲鐘的哈圖也去避難了吧。

這座鐘樓的底座為石造，上面的部分則為木造。由於是請老練的木匠使用強韌且耐久性高的木材建造而成，以剛才的地震強度來看，不用擔心鐘樓會倒塌。但是，木造部分怕火。如果火焰很大，越過了石造部分……

觀風在最上面的撞鐘臺，發現了嬌小的身影。

三道個子跟扶手欄杆差不多高的身影，在那兒竄來竄去。觀風看到其中一顆腦袋很像是小雪，便在馬背上大喊。

「下來！立刻下來！」

他用最大的音量喊道，但強風阻撓了他。

所幸小雪注意到觀風。她踮著腳從欄杆探出頭來，天真無邪地揮著手。觀風來到更近一點的位置，再次對著他們大喊。

然而，孩子們卻沒有要從撞鐘臺下來的樣子。

這時現場發出「轟！」的一聲。

回頭往聲音的來向一看，發現不遠處的房屋竄出火苗，其隔壁像是倉庫的建築物也一樣。風助長了火勢，火星也隨風飛散。

觀風趕緊下馬，跑上鐘樓。

鐘樓的樓梯從來沒有像今天這樣，讓他覺得如此漫長。

觀風氣喘吁吁地爬完樓梯。

「觀風大人！」

孩子們紛紛跑過去，抱住喘得上氣不接下氣的觀風。

這三人分別是小雪、年紀比她大一點的維襄，以及維襄的弟弟玳玳。

「觀風大人！你們看，他真的來了！」

小雪開心地說。雖然那副模樣可愛極了，但現在不是想這種事的時候。觀風抱起小雪，對著維襄與玳玳說：「馬上下去。」

「咦！為什麼呢？」

維襄驚訝地問。他是個喜歡畫圖、聽話懂事的男孩子。

「觀風大人不是說，這裡是最安全的地方，叫我們在這裡等您嗎？」

「……我沒說。」

「咦——小雪騙人！」

鼓著腮幫子這麼指責的人是喜歡惡作劇的玳玳，經常跟小雪玩在一起。聽到玳玳指責自己騙人，被觀風抱著的小雪生氣地說：

「人家才沒有騙人！是別人告訴我，觀風大人這樣說的！是一個大人告訴我的！」

有人叫他們在這裡等？

那個人說這裡很安全？說觀風會來找他們？

「小雪，是誰告訴妳的？」

「不知道，是一個不認識的叔叔。」

小雪悠哉地回答。

「剛剛地面不是在搖嗎？所以保母媽媽叫大家一起去寬敞的地方。但是走到一半，那個叔叔叫我過去。」

男人對小雪這麼說。

——觀風在撞鐘臺等妳。

剛才爬樓梯爬到流汗，可是此刻——觀風感到背脊發涼。

上當了。小雪他們，以及觀風都被騙了。

「觀、觀風大人……！」

三名孩子當中個子最高的維襄，探頭看著欄杆下方發出顫抖的呼叫聲。觀風先將小雪放下來，接著將上半身探出欄杆往下看。

他頓時倒抽一口涼氣。

下方正在燃燒。鐘樓燒起來了。

現在，觀風與孩子們所在的這個撞鐘臺下方、做為基礎的木造部分正在冒煙，此外還看得到火焰。周圍的房屋、剛才看到的房子與倉庫也還在燃燒。是從那裡延燒過來的嗎？但是火勢未免太強了。而且這個味道……是油燃燒的味道。

有人刻意放火。

有人灑了易燃的油渣，再放火燒鐘樓。企圖偽裝成是地震引發的火災延燒到鐘樓。

「觀風大人？」

小雪一臉茫然地仰望著陷入沉默的觀風。她不明白發生了什麼事。

維襄臉色發白，玳玳的臉上也逐漸浮現不安的神色。

觀風將小雪拉到身邊，並對維襄與玳玳招手，然後彎下身子將三名孩子抱進自己的懷裡。

快想。要想出辦法。

該怎麼做才能救這些孩子？

敲鐘求救？這麼做徒勞無益。就算有人聽到鐘聲，也沒辦法爬上已經燒起來的樓梯。再這樣下去他們會葬身火海。不，在那之前鐘樓會先倒塌，害他們墜下吧。下面是石板路。以這個高度來看，掉下去恐怕會沒命。

「觀風大人……您的額頭受傷了嗎？會不會痛？」

聽到小雪這麼問，觀風頓時眼眶一熱，他咬牙忍著。玳玳咳了起來。煙正不斷地往上竄，喉嚨或肺部若是被煙嗆到，死亡的可能性也很高。雖然強風會定期把煙吹走……但也不曉得風會吹多久。

「觀風大人？」

觀風沒辦法回應他們。

只有……一個人。

只有一個人的話自己或許救得了。

辦法就是由觀風抱著其中一個孩子，從這裡跳下去。只要以背部著地，自己或許就能成為緩衝墊保護孩子。至於能不能掉在火燒不到的地方，只能賭一賭了。

但是要選誰才好？

是最仰慕觀風的小雪？個子最小的玳玳？還是聰明又貼心的維襄？

他怎麼可能選得出來。

假如觀風獨自從這裡跳下去，了結自己的性命，孩子們就能得救……那該有多好啊。

雖然不曉得這件事是誰策劃的，對方的目標應該是觀風才對。然而為什麼，那個人要把無辜的孩子捲進去？

耳邊傳來大黑激動的啼叫聲。

牠靈活地避開煙霧，在觀風的上方旋繞。假如是嬰兒那樣的體型，或許還能託大黑帶走，可是這些孩子就沒辦法了。

「咳咳！……觀風大人……煙……」

「大家都靠過來，躲在我的衲袈裟底下。」

豪奢又有厚度的金縷衲袈裟，應該能遮擋一點濃煙吧。觀風用衲袈裟裹住孩子，然後壓低身子。

濃煙不斷滾滾升起。

猶如一條載運死亡的灰蛇，時而以不規則的動作逼近，時而被強風吹散。

可是，風在吹散濃煙的同時也助長了火勢。

觀風劇烈地咳嗽。

一呼吸就會吸到煙，但是又沒辦法一直停止呼吸。就快要撐不下去了。在衲袈裟底下哭泣的人是玳玳嗎？用力抓抱著自己的人……是小雪嗎？

風啊。

風啊，我知道。

你既非同伴亦非敵人，而是一點也不在意我們的偉大存在。無論是風、天空還是水，全都是人絕對無法掌控的。

能夠觀測風象？那是不可能的。

我們知道的，不過是寥寥可數的經驗法則罷了。我們是如此地無力、渺小。然而有時卻過於傲慢。所以，這是如來的懲罰嗎？是在懲罰不接受那種慈悲、那種未來世的觀風嗎……

既然如此，自己願意承擔這個罪。

可是，孩子們……這些沒有任何過錯、純真的孩子……至少別讓他們一起受苦……

觀風如此祈禱著，雙臂更加用力抱緊孩子們。

這時，他的身體突然往下降。

某個地方終於燒垮了。

撞鐘臺隨之傾斜，鐘則因本身的重量而懸垂晃動，撞破了一部分的欄杆。身體也因為地板傾斜而往下滑。孩子們忍不住尖叫，觀風死命抓緊這些孩子，雙腳亦用力站穩。

「啊！」

維裹不小心放開了觀風。

他沿著極度傾斜的地板滑下去，在即將墜落之際抓住了欄杆。只見他一副快哭出來的表情，害怕到連要尖叫都叫不出來。

接著便聽到「鏘！」的一聲。

原來是吊掛那口鐘的繩索斷了。鐘掉落在石板路上，不停翻滾，發出「鏘！鏘！鏘！鏘！」的金屬聲。簡直就像在宣告一切的終結。

……終結？

這是觀風可以決定的嗎？

不。觀風沒有這種權利。

放棄？反正每個人遲早都會死、遲早都會滅亡，所以要接受那種結果？

那是最佳解？

「……別放手！」

觀風對著維裹喊話。

「不要放棄！不要放手！還不行！」

維裹的眼神，仍保有一絲絲的生命力。

他還沒有死。

就算快要死了，此刻的他還沒有死。

所以觀風不會接受。所以他才會下定決心，拒絕如來的預言。

強風吹襲鐘樓。

而且吹來的大多為強陣風。雖然煙霧一下子就被吹散了，但鐘樓也傾斜得更嚴重了。

維襄痛苦地哼叫著。抱著小雪與玳玳的觀風同樣就快滑落下去。由於雙手無法使用，沒辦法抓住任何地方，觀風只好一隻腳伸進欄杆之間，用腳脖子勾著欄杆撐住。血液往腦部湧去。

身體正面朝上，因此看得到天空。

天空漫布著接近黑色的灰煙……不過風將煙吹走後，天空再度恢復成美得讓人不敢相信的湛藍。

觀風聽到了奇異的聲音。

聲音……是啼叫聲？

聽起來像鳥鳴，但比鳥鳴更凶猛、比鳥鳴更激動——是自己聽過的啼叫聲。

而且，那聲音不只一道。

有東西遮住了天空。

不是煙霧，是一道飛翔於空中的巨大影子。那道影子也不是大黑，牠的體型比大黑還要龐大，光是嘴巴就跟一個成年人差不多……

「唔哇啊！」

維襄的慘叫聲竄入耳裡。

觀風才想察看出了什麼事，他的身影就已消失不見了。

掉下去了嗎？觀風倒抽一口涼氣，但是隨後眼前就出現了——

「呀啊，觀風大人，好大的鳥！」

小雪抓抱著觀風這麼說。

不過觀風知道，那不是鳥。

那是翱翔於天際的、傳說中的生物。

那是如今不可能存在，但從前確實存在過的生物。

那是早在這塊土地被命名為阿迦耆之前，古人就已將牠稱為神鳥迦樓羅並且十分崇敬的生物。

牠是翼龍。

翼龍在飛。

維襄被牠的鉤爪捕住。

他被牢牢抓著飛在空中。雖然害怕到臉色蒼白，但他確實還會動，還活著。

這隻翼龍的體色跟之前見過的那隻不同，體型有點小。話雖如此，牠的體型仍足以輕鬆地帶走人類的孩子。似乎有人騎在翼龍身上，不過觀風看不清楚那個人是誰。

「觀、觀、觀風大人！」

玳玳尖聲叫道。因為又有一隻翼龍出現在他們的頭頂上方。

就在觀風驚訝地瞪大雙眼仰望翼龍腹部之際，騎士的聲音從上方傳了過來。

「我會丟下網子，你們趕緊進到裡面！抱歉，大人載不動！如果是那兩個小鬼，我可以一次帶走！」

觀風聽到了年輕女子的說話聲。與此同時，一個編成荷包狀的網子降了下來。

「趕快進去。」

觀風以嚴肅的語氣，這般命令小雪與玳玳。然而兩人都撇著嘴，一副即將哭出來的表情。兩人顯然都很害怕，死抓著觀風不肯離開。

既然這樣……觀風硬擠出笑臉。

「你們兩個，真是幸運的孩子。我從來沒聽說有哪個孩子，能夠騎著傳說中的翼龍在天上飛呢。等你們回到愛兒館後，就可以向大家炫耀喔。」

「說、說得也是呢，可以跟大家炫耀。」玳玳小聲地點頭說，但小雪卻堅持要跟觀風一起走。

「我有點太重了。」

觀風將降到手邊的網子拉過來並這麼說。

「不過，我很快就會跟上去。你們先走，在那邊等我。」

「真的嗎？」

「真的，之前我有騙過你們嗎？」

小雪搖了搖頭，緊抓著觀風那件袈裟的小手總算放鬆力氣。

雖然下腳的地方很不穩，觀風仍設法讓兩人站在網子裡。啪嘰啪嘰……下方傳來令人不安的聲響，看來又有地方燒垮了。

「好，蹲下來。飛行期間要乖乖地別亂動喔，因為不能害翼龍覺得很難飛。」

「翼龍……那是翼龍嗎？」

「沒錯，牠是天空的王者。」

觀風先是摸了摸小雪的頭，然後對著只比小雪大一歲的玳玳說：「玳玳，小雪就拜託你囉。」玳玳點了個頭，緊緊握住小雪的手。

「風來了！要飛囉，小鬼們！」

聽到這聲提醒的同時，翼龍向上飛起。

包住兩人的網子隨之窄縮起來、浮上空中，彷彿在運送大顆水果似的。

觀風仰望著那幅景象。

玳玳緊閉雙眼，只管將身子縮成一團，反觀小雪則睜著大眼看著觀風。

觀風大人——觀風聽到了她的呼喚聲。

快走吧，快走。

觀風在心裡一再地這麼說。

快點、快點將他們帶到安全的地方。

不久，兩人的身影便與翼龍一起從眼前消失。觀風祈禱翼龍能將他們帶到沒發生火災的地方。之後，他想辦法仰起上半身，伸長手臂抓住欄杆。他的手不太能夠使力。看來是因為孩子們得救了，緊繃的神經頓時鬆懈下來。風停了，四周再度濃煙密布而看不清楚。

鐘樓又變得更加傾斜了。

觀風咳了起來。雖然被煙嗆得難受，不過他也放心了。因為已避開了最壞的結果，那些孩子不會被自己連累而喪命。

自己會死在這裡，就某個意思來說也是無可奈何的。

雖然不清楚是誰出於什麼意圖策劃暗殺，不過此事極可能與如來有關。既然如此，招致這種結果的人就是自己。

觀風並不是沒有後悔。

但是，就算能夠使用法術回到過去……觀風應該還是會做出同樣的選擇。

煙霧越來越大。

熱氣自下方侵襲而來。火焰已燒到近處了。

是鐘樓先倒塌，還是自己先被煙嗆死，又或者是火先燒到這件豪奢的衲袈裟呢？

看來存在於內心角落的一絲希望並未實現。

既然翼龍來了，說不定……觀風原本抱持這樣的期待，不過看樣子還是死心吧。這裡已被火焰與濃煙包圍，非常危險。還是別來比較好。不可以過來。

真的很謝謝你們救了那些孩子……觀風在心中深深地感謝對方。

周圍已徹底被煙幕籠罩，完全看不見天空。

這是唯一的遺憾。自己真想看著天空死去，不論天氣是晴是雨都無所謂。

觀風閉上眼睛，倚靠著快要垮掉的欄杆如此想著。

——尤安。

虛幻的聲音呼喚自己的名字，觀風不禁露出微笑。

是他的聲音。

是那個很快就跟小小打成一片、最愛吃瑪德蓮、對髮型很講究的……

「尤安！火勢太大了！因為只能試一次，你聽仔細了！」

觀風睜開眼睛。

但他立刻就被煙燻到眼睛痛，實在是睜不開。

「我會滑翔到你的上方！你要抓住繩梯！死都要抓住！聽到了嗎，機會只有一次！」

啊……這真的不是幻聽。

觀風想回答「知道了」，但煙嗆到喉嚨，害他講不出話來。

他拿出掛在脖子上、收在衣服最內側的鳥笛，然後吹響鳥笛做為回答。由於無法正常呼吸，他只吹得出虛弱的笛聲，不曉得對方聽到了嗎？

「要上囉！」

看來是聽到了，樓陀羅的聲音傳入耳裡。

緊接著便聽到很大的鼓翼聲，樓陀羅暫時飛離了這裡。

觀風忍痛微微睜開眼睛，但四周都是煙霧。他完全看不見樓陀羅和奇羅那在哪裡，也不知道繩梯會從哪個方向過來。

他在濃煙當中站起身。

腳下的地板已嚴重傾斜，但他用力站穩腳步。

哪邊？會從哪個方向過來？

不行，眼睛還是睜不開。就算睜得開，周圍也煙霧瀰漫，什麼都看不見。

既然這樣就別看了。

風……直接靠風來判斷。

閉著眼睛，屏氣斂息，集中精神。

如果奇羅那以那樣的速度飛過來，必定會帶起一陣風。緊接著奇羅那就會破風而來。

仔細聽破風聲。

感受大氣，判斷風向。

「尤安！」

樓陀羅的呼喚聲，同樣乘風而來。

告訴了觀風他的方向。

感覺得到有東西伴隨著「咻嚕嚕！」的聲音逼近自己。

觀風在前一刻睜開眼睛。

與其說他是伸手抓住繩梯，更正確地說，他幾乎是用全身抱住繩梯。然後，雙手緊緊握住掌心碰到的部分。

他只有一隻腳踩到了繩子。

整個人頓時變得很沉重。

這是自己的體重使然。也就是說，自己已在空中了。

然而觀風仍不敢睜開眼睛。

因為他很害怕。他並不是害怕自己沒飛起來，而是害怕發生在自己身上的這個奇蹟只是一場夢，一旦睜開眼睛就會從夢中醒來。

風自髮絲之間穿越而過。

衲袈裟發出「啪噠啪噠」的吵人聲響。吸進肺部的空氣十分乾淨，再也沒聞到嗆人的煙味。觀風牢牢抓著繩梯，劇烈地咳嗽。感覺得到額頭上的繃帶鬆開、飛走了。

他依舊閉著眼睛，不斷挪動另一隻腳尋找繩子。鞋子掉了的那隻腳，腳尖終於碰到繩子，他用力踩穩。但這樣仍難以算是穩定，他全身緊張僵硬，死命抱緊繩梯。

「我們去你家！」

傳入耳中的聲音，令他的心激動得顫抖。

於是，觀風終於睜開眼睛。

明亮的藍色登時躍入眼底，觀風身處在空中。

他在飛。

淚水自被煙燻疼的雙眼湧流而出，停不下來。

第九章 掀起新風者

「噗咪！」

儘管嚇得叫了一聲，小小還是接住了觀風。

觀風降落在小小柔軟的背上，但因為貓背呈圓弧形，他就這麼滾下去摔在中庭的草坪上。小小探頭察看仰躺在草坪上、仍是一副驚呆樣的觀風，嗅了嗅他的味道，然後半張著嘴巴露出奇怪的表情。

「……我身上的煙味很重吧？」

雖然不知道小小聽不聽得懂這句話，總之牠開始在觀風身上東舔西舔。貓的舌頭上有細小的刺狀突起，被舔到會很痛。

「好了，沒關係，洗個澡就沒味道了。」觀風邊說邊閃躲，但小小怎麼也不肯放過他。看上去就像是在告訴觀風，自己說什麼也要把味道弄掉。

這時——

「小小，我也要下去囉！」

上方傳來這道話音，幾乎同一時間，樓陀羅也跳了下來。他並未像觀風那樣滾下去，而是靈活地抓抱住小小的背部，把臉埋在白毛裡說：「今天也一樣軟綿綿的呢！」

小小一認出樓陀羅，便開心地「喵——」了一聲。

觀風仰望天空，發現奇羅那已朝著上空飛去。

「這裡有點窄，不方便奇羅那降落。而且也不知道牠跟小小能不能和平相處。」

樓陀羅這般說明後，以熟練的動作從小小的背上滑下來，接著探頭察看仍坐在草坪上的觀風。

「你吸進了很多煙吧？現在呼吸正常嗎？如果胸口會痛就請治癒幫你看看。額頭流血了耶。你受傷了嗎？」

他接二連三地發問，但觀風完全沒有任何回應，似乎使得他很不安。

樓陀羅跪在草坪上，把臉湊得更近一點。

「喂，你聽得到嗎？耳朵怎麼……」

觀風緊緊抱住再度發問的樓陀羅。

他盡情地、用力地抱緊樓陀羅，害樓陀羅不由得發出小動物般的叫聲。

這時觀風才驀然想起，自己的臂力異於常人，趕緊放鬆手臂的力道。樓陀羅似乎被抱得喘不過氣，忿忿地罵了一句：「……你真是的！」但他並未掙脫抱住自己的手臂。

觀風就這麼抱著樓陀羅倒在草坪上，然後再一次抱緊躺在自己身下的男人。這次觀風有控制力道，也很小心地避免將重量壓在他身上。可不能忘了兩人的體格相差很大。

「……謝謝你，救了我一命。」

觀風看著樓陀羅的眼睛道謝。

連他本人都很訝異，自己一開口竟只發得出沙啞的聲音。樓陀羅摸著觀風的額頭問：「會不會痛？」觀風覺得他的舉動很像小雪，忍不住露出微笑。

樓陀羅頓時臉紅。

「別用那種表情對著我笑。」

觀風莫名其妙挨了罵。他不曉得自己擺出了什麼樣的表情，所以不知道該怎麼辦。與此同時他也覺得，連耳朵都發紅的樓陀羅實在可愛得不得了。

「我……只是……」

樓陀羅移開目光，囁囁嚅嚅。

「只是救了我的阿邇達而已，這麼做是應該的。你若死了，我也跟死了沒兩樣。」

「……是這樣嗎？」

「就是這樣。把你留到最後，是因為我知道你會堅持先救孩子。其實……我很想一開始就先去救你。」

「我的阿邇達是對的。我沒辦法留下孩子自己離開。」

「對吧？」

樓陀羅將目光拉回到觀風身上這麼說。

那副有點得意的語氣真是可愛極了。當觀風在煙味之中，嗅到了樓陀羅本身的氣味時，原本收在心底的熱情好像再度迸發而出。

那股熱情瞬間遍及四肢百骸，從內部點燃了觀風——怎麼也控制不住。

觀風以餓虎撲食之勢吻了上去。

樓陀羅頓時吃了一驚，縮起身子。儘管如此，觀風仍舊停不下來。

這個吻跟他們在森林「下腳地」那次的蜻蜓點水之吻全然不同。觀風撬開樓陀羅小巧的脣瓣，侵入其中。接著試圖捕捉樓陀羅的舌，卻被他閃躲逃開，可是觀風無法就這樣放過他。

他追逼、捕獲、蹂躪樓陀羅。

即使聽到對方發出難受的哼聲，觀風依然停不下來。樓陀羅不習慣深吻這一事實，令觀風的情緒頗為亢奮。樓陀羅的嘴脣與舌頭顯然很困窘，不知道該怎麼回應觀風才好。不過他並未拒絕觀風，反而伸出雙手抓抱著觀風的背。

「嗯、唔……！」

不知是驚慌還是緊張，他的肩膀很僵硬，讓人看了覺得可憐。

「……不願意的話，就把我推開。」

觀風鬆開嘴脣，在極近的距離下這麼說。

「你也可以打我。如果你不這麼做……我阻止不了我自己。」

「我、我沒有不願意。」

聽到樓陀羅如此回答，觀風心中的喜悅實在難以言喻。

「我沒有不願意，只是……這、這種事我不是很熟悉……因為嘴脣從來不曾……」

讓任何人碰過……他說得很小聲。

在他們的世界裡，接吻是很神聖的行為，他們只跟發誓相守一生的對象接吻——之前，觀風曾聽樓陀羅說過這件事。這意謂著，那柔軟、溼潤的質感，只有觀風一個人知曉。重新這麼一想後，觀風興奮到身體就快要發抖。

「你放鬆就好。」

觀風壓抑著一不小心就會操之過急的自己，對樓陀羅這般低語。

「把自己交給我……覺得舒服就吐氣告訴我。」

語畢，觀風再度將嘴唇疊上去。這次，那兩片小巧的脣瓣乖乖張開，接納觀風。

樓陀羅的臉和下巴都很小，故口腔內部也很狹窄。不過齒列非常整齊，令觀風不自覺地一再以舌頭勾勒牙齒的形狀。大概是覺得癢吧，樓陀羅「嗯！」的一聲扭動身子。

樓陀羅的學習能力很好，舌吻技巧進步得很快。

是因為喉嚨太過乾渴，才會覺得心愛之人的唾液十分甘甜嗎？樓陀羅的呼吸漸漸變得急促、紊亂，看得出來他對觀風的吻有感覺。將手貼在他的胸口上，發現他的心臟也跳得很快，不過觀風自己也是一樣。

想就這樣永遠吻下去的念頭，與咆哮著「這樣根本不夠」的野獸，在觀風的體內融為一體。

「呼、唔……」

樓陀羅的上顎似乎特別敏感。以舌尖搔弄那個部位，他就會微微發抖，推著觀風的身體試圖躲避。看來他是下意識地害怕這種從未體驗過的感覺。只不過，此刻的觀風怎麼可能因為這種程度的抵抗就放過心愛的人。他就這麼按住樓陀羅，吻得更深。觀風貪婪地品嘗樓陀羅的脣，同時也留意著別太用力壓在他身上。正當觀風稍微挪動膝蓋時——

「……！」

樓陀羅有了明顯的反應。

觀風的膝蓋，湊巧刺激到樓陀羅的雙腿之間。於是觀風又試著移動一下。這次他刻意用膝蓋磨蹭已經變硬的那處，宛如在確認那個部位的形狀。樓陀羅轉動脖子，想要掙脫觀風的吻。

「停……停下來，不要、那樣……」

「應該不會痛吧？」

如果他會痛自己就作罷。但如果他只覺得舒服，自己就不打算停手。觀風再度堵住樓陀羅的脣，捕獲閃躲的舌頭，比之前還要用力地吸吮，膝蓋也更加用力地壓著他的腿間，就在這時——

「……唔！」

樓陀羅渾身一顫。

他緊緊抓著觀風的衣服，屏住呼吸，身體變得相當緊繃，這樣的狀態持續了一會兒。

觀風靜靜等待樓陀羅解除緊繃狀態，不久他感覺到那具身體放鬆下來，便將樓陀羅深深擁入懷裡親吻臉頰。因為樓陀羅氣喘吁吁，要是再堵住他的脣就太可憐了。幾乎只靠接吻就達到高潮的樓陀羅實在惹人憐愛，觀風不停地親吻他的臉頰、額頭與下巴。

這時耳邊傳來一聲「喵——」，觀風這才想起小小的存在。

兩人同時面向牠，小小先是嗅了一會兒抱成一塊的身體，而後縮成一團背對著他們。實在很難判斷，牠這是出於體貼不看他們呢，還是覺得看不下去呢？

「……喂。」

樓陀羅的語氣有點不高興，觀風回了一聲：「嗯？」

「雖然這次比之前好一點，不過我的背還是很痛。」

他說的「之前」，是指在山洞裡相擁的那次吧？

「旁邊分明就有一幢氣派的房屋，為什麼我們又在外面做？小小都看傻了眼耶。」

樓陀羅言之有理，觀風聞言忍俊不禁。之後他笑著直起身子，橫抱著樓陀羅站起來。

「放我下來，我能自己走。傷患是你才對吧。」

「不要，我想抱著你，一瞬也不想放開你。」

「……你原本是會講這種話的人嗎？」

「人會改變的。」

雖然觀風在經歷「七夜的衣缽」這段期間都沒睡好，而且剛剛才從即將燒毀的鐘樓生還，不過抱著樓陀羅行走對他來說仍是輕而易舉的事。又或許，是無法自抑的亢奮感使他如此。

觀風進入屋內，迅速爬上樓梯，接著在二樓的走廊上行進，接近浴室時他思索片刻，最後甩開想法直接前往臥室。

他徑直走向床榻。

「我身上都是煙味，還請你見諒。」

將樓陀羅放到自己的床上後，觀風先向他道歉。

「那是無所謂啦，倒是你的傷……」

「待會兒再處理。」

觀風解開袈裟的綁帶，將豪奢的金縷衲袈裟扔在地上後如此答道。

接著解開裙的腰帶，再解開跟袍服繫在一起的帶子，然後又再解開另一條綁帶……綁帶未免太多了。

觀風很焦躁。大概是感受到他的焦躁吧，樓陀羅咯咯地笑個不停。而後，他動手解開自己那件樣式簡單、方便行動的上衣前面的綁帶。光滑的皮膚露了出來，觀風停下脫衣的手。

「……我想摸你。」

聽到觀風這麼說，樓陀羅再度笑了起來，回答他：「就是要給你摸才脫的。」下衣是直接以褲腰包裹軀幹來固定的款式，因此輕易就能脫除。至於褻褲則已經溼掉，樓陀羅嚷著「真不舒服」，趕緊將它脫下來。

觀風並非第一次見到他的裸體。

之前替樓陀羅處理傷口時，觀風就已看遍他全身了。那個時候觀風就覺得樓陀羅的身體很美。

勻稱的手腳、光滑的肌膚、恰到好處的肌肉……當時固然感到驚豔，內心卻未湧現如現在這樣的感受。此時此刻，觀風的心裡存在著蠻不講理、猶如熊熊烈火的執著——他想要獨占這具肉體，不想給其他人碰。

除此之外，還有著揪心不捨的心情——他想保護這具肉體，即使豁出自己的性命也在所不惜。

「我是你的阿邇達。」

樓陀羅伸出雙手，呼喚觀風。

「所以是你的人。在床上你想怎麼做都可以，我也會對你做我想做的事。」

「那是當然的。因為我是你的阿邇達……」

觀風正想吻上去時，樓陀羅突然叫他等一下。由於對方喊暫停，觀風只好用鼻頭磨蹭他的鼻頭問：「怎麼了？」

「……之前山洞那次我也有這種感覺，就是、你……會不會太熟練了？」

「你是指房事嗎？」

「沒錯，」樓陀羅噘著嘴巴。「你是娑門吧？是聖職者吧？這種事，你其實不能做不是嗎？」

「當然必須禁慾……一般而言。」

「你沒禁慾嗎？」

「不，成為娑門後，我就不曾與任何人共度夜晚了。」

「騙人。」

擺著臭臉的樓陀羅實在太可愛，使得觀風必須深吸一口氣，調整呼吸與心情才行。

「真的，我都不記得，上一次與他人肌膚相親是幾十年前的事了。」

「也就是說，在當上娑門之前你相當……」

「樓陀羅。」

觀風在耳邊輕喚名字，樓陀羅隨即縮起身子一顫。

「吊我胃口有那麼好玩嗎？」

「我、我哪有吊你胃口。」

「珂璉人的孩子非常少。所以，拒絕女性的邀約被視為無禮之舉，我以前也赴約過。如果你想知道那個時期的事，之後我再告訴你，任何問題我都會回答你。現在我只想告訴你一件事，希望你能聽我說。我從來不曾有過，像你這般令我夢寐以求的對象。」

樓陀羅沒有任何回應，只是目不轉睛地仰望著觀風。與其說樓陀羅在懷疑觀風，看起來亦像是覺得觀風說得還不夠，催促他繼續說。

觀風這才發覺到一件事。

自己還沒說過那句話。雖然自己已在內心說過千遍萬遍，卻還沒親口對他說過。

「我的阿邇達，我愛你。」

這般告白後，觀風虔敬地親吻他的額頭。

樓陀羅的表情這才變得柔和，並且主動親吻觀風。重複幾次鳥啄般的親吻後，觀風終於等得不耐煩，從輕吻轉為深吻。

「快點全部脫掉吧。」

結束互奪彼此呼出的氣息般濃烈的熱吻後，樓陀羅這麼催促觀風。觀風迅速將儀式服裝全部除去，至於下衣更是直接踢掉，之後兩人便一絲不掛地相擁。由於彼此的身高有段差距，再加上樓陀羅身材細瘦，因此他剛好能塞進觀風的懷裡，不過嬌小歸嬌小，他的肉體可是年輕力壯、洋溢著生命力。在山洞裡親吻他全身時因為太暗而未能好好欣賞，令觀風覺得可惜。

不過現在，午後的陽光自窗戶照射進來。

「我想仔細觀察你的背部。」

觀風向樓陀羅提出這個請求，他便毫不遲疑地將身體轉過去。

背部的皮膚果然很奇特，倘若只是以指尖輕輕滑過表面，他似乎不會有任何感覺。往下撫摸的話觸感十分滑順，但往上撫摸的話手指會有一點卡卡的感覺。在極近的距離下端詳背部，會發現皮膚上有一層非常薄……猶如花瓣一般又薄又柔軟的鱗片。背部至腰部，以及肩膀至上臂後側都是這樣的皮膚。

「背部的鱗片因人而異，而且差別很大。」

樓陀羅為觀風說明。

「有鱗片的女人不多，而男人當中也有沒有長鱗片的，此外還有人擁有更加堅硬的鱗片。若要騎翼龍飛行，背上有鱗片比較好。我們認真飛行時，會將上半身往前倒與翼龍合為一體。如此一來，就能化為一道速度極快的風……這時鱗片能保護毫無防備的背部。不過這是指很久以前，我們尚未穿上衣服的那個時代的情況啦。」

「變色的原因呢？」

觀風親吻目前為正常膚色的背部，如此問道。

「背部的鱗片，只有騎翼龍時才會變藍……我們也不知道為什麼會這樣。飛行時情緒會很亢奮，所以有可能是這個緣故。不過，我現在也很亢奮，鱗片卻沒有變藍對吧？」

「你很亢奮嗎？」

觀風故意這麼問，樓陀羅隨即將身體轉回正面，用力拉扯觀風的銀髮。他是真的用力拉，看來自己不小心惹怒他了。

「跟你分離之後，我是以什麼樣的心情度過，以及再次見到你的現在是什麼樣的心情，我都必須一一說明給你聽嗎？虧你還被別人稱為賢者，你有那麼笨嗎？」

「好痛……抱歉，我知道。我也一樣，所以很清楚你的心情……我只是覺得很高興，想要你再說一次而已。」

「不要因為我的房事經驗不多就捉弄我。」

「我沒有那種意思。」

我只是覺得你很可愛、很惹人憐愛。不只如此——

「我以我的阿邇達為榮，而且由衷地尊敬你。」

見觀風真摯地這麼說，樓陀羅先是愣住，隨後雙頰泛紅露出害臊的微笑。

他不再拉扯觀風的頭髮，轉而在銀髮上輕輕一吻。

這位俊美的少頭領，將封閉在觀風內心深處的某樣東西解放出來。

那股難以言喻的感覺或感情……自己應該原本就擁有，可是卻一直忽視它。那是與他人建立關係時很重要的東西。此外，也是認識自己時不可或缺的東西……

得到這樣東西後，觀風就變了。

他瞭解到，要改變世界，必須先改變自己才行。

「……阿迦耆的民眾看到翼龍了吧。這樣沒問題嗎？」

觀風將心裡的擔憂問出口，樓陀羅便改以嚴肅的語氣回答他：「怎麼可能沒問題。」

「其實，我下落不明一事，在聚落裡掀起了軒然大波。聽說大家得知我在阿迦耆被逮後，為了要不要救我這個問題一再起爭執。」

後來得知把樓陀羅帶回家的觀風不是壞人，他們才決定暫時觀察狀況。

「等一下。為什麼聚落的人會知道我是不是壞人？」

「聚落裡有幾個人能夠喬裝成順英人，混進城裡偵察。他們就是在那裡打聽你的風評。據說順英人幾乎無人說你壞話喔。所以他們判斷我很有可能靠自己回去，事實上我也的確是自行返回聚落……而回去之後也發生了許多事，不過先不說這些了，總之地震過後我看到城市在冒煙，實在坐立難安……所以就去跟族長說了。」

「……說什麼？」

被觀風這麼一問，樓陀羅把玩著觀風的頭髮，移開目光接著說道。

「我想去救我的阿邇達。」

未免太有勇氣了吧……觀風聞言很是驚訝。得知天空之民——而且還是少頭領——的阿邇達是珂璉人，族長應該會大吃一驚吧。

「族長差點嚇到腿軟，不過占師卻一副早就知曉的表情。占師問我『那個人的身分很高吧』，我便回答『應該當上賢者了』。結果這回族長真的嚇到腿軟。後來是占師幫忙說服，族長才同意，說我可以騎伽婁多過來。」

「……真沒想到族長居然願意答應……」

「之前就有人主張，我們不該再繼續過這種躲藏的生活。畢竟我們跟森林之民也有往來，不如也光明正大地在阿迦奢現身吧——尤其年輕世代都是抱持這樣的想法。何況我們的聚落也出現問題，所以必須說服那些長輩、改變現狀才行哪。」

懷裡的樓陀羅如此說道，他的語氣很有少頭領的威嚴。既然選擇樓陀羅為少頭領，天空之民肯定很有看人的眼光吧。

「但願阿迦奢的技術與文化，也能對天空之民有所幫助。」

「我們首先想要的是藥。不光是『珂璉的奇蹟』，阿迦奢的藥都很有效。」

「瑪德蓮呢？」

聽到觀風這麼問，樓陀羅笑了出來。

「我已經知道做法了。」

小陶曾教過他瑪德蓮的製作方法。就是用麵粉和雞蛋、奶油和砂糖……那副開始解說做法的模樣實在太可愛了，令觀風情不自禁地再度親吻樓陀羅。究竟還要再吻幾千次，自己才會滿足呢？

「我來幫你、那個吧。就是之前在山洞裡你對我做的那個……用嘴……」

彼此的脣分開後，樓陀羅便提出這樣的主意。

「雖然這提議很令人心動，不過我也有想做的事。」

「你已經做過很多事了吧。還有什麼事想做？」

見他略側著頭這麼問，觀風遲疑了半晌。從這口氣聽來，也許樓陀羅不知道那種做法。

「天空之民……不會跟阿邇達交合嗎？」

「當然會啊，要不然怎麼生孩子。」

「男人跟女人是這樣沒錯啦。那麼男人跟男人呢？」

「……？就算想交合，也沒辦法做到吧？」

他果然不知道。

觀風夾在為此而開心的自己，以及感到為難的自己之間苦惱不已。

他不想勉強樓陀羅。可是，他不知道兩人下次再見面會是何時。最要命的是，考慮這些事的理性就快枯竭，而那股衝動似乎就要爆發了。

「珂璉人有辦法。」

觀風做個深呼吸讓自己冷靜下來，並對樓陀羅這麼說。

「是嗎？既然這樣，我們就做那個吧。」

「……可以嗎？」

「當然可以。因為你是我的阿邇達嘛。」

得到同意了。

此時觀風的理性也耗盡了。

他一面接吻一面將樓陀羅的雙腿分開，自己再擠到雙腿之間占住這個位置。床榻旁邊的小桌上，有用來保溼皮膚的香氛油。雖然接下來要做的事跟原本的用途不同，不過就算用在黏膜上對人體也是無害的。觀風把散發藥草甜香的油倒在手掌上抹開，樓陀羅聞了聞說：「好香的味道。」

將香氛油塗抹在大腿內側，樓陀羅便覺得很癢而扭動身子。他會有這麼天真無邪的反應，是因為他完全沒發現觀風要做什麼吧。

「啊……」

腹部也抹上了香氛油。

手掌順勢滑到了大腿根部，樓陀羅頓時屏住呼吸。即使觀風的手移往更私密的部位，他也沒有抗拒。觀風讓樓陀羅略微屈起膝蓋，然後將手指移到兩顆飽滿的果實上，輕柔地塗抹香氛油。

樓陀羅忍不住逸出嬌喘，觀風的鼓膜就快要融化了。

「這……這邊呢……？」

樓陀羅打算自行觸摸已昂首挺立、快要抵到腹部的那個部位。觀風見狀一語不發地挪開他的手，然後用沾著香氛油的手指觸碰那裡。觀風只用一根手指，從根部緩慢地沿著莖部滑動。想必樓陀羅很心急難耐吧，他的腳趾磨蹭著床單。

當手指碰到前端的黏膜時，他的身子立即一顫，出現誠實的反應。

「……嗯！啊……！」

前端分泌出蜜珠，沿著年輕的屹立滑落下來。觀風發現，光是以手指勾勒前端，便會令樓陀羅全身繃緊。要是太刺激他，可能很快又會射出來。

觀風希望樓陀羅能再撐一會兒。大掌輕輕包住整體，以相當輕柔的力道撫摸幾次後，樓陀羅便看似心急地扭動身子，滿臉通紅地輕瞪觀風。這時觀風總算領會到，什麼叫做「可愛到想吃掉他」。

手指離開樓陀羅希望他碰觸的部位，往更深處前進。

當手指接近用於結合的穴口時，樓陀羅的身體不由得困惑、僵硬。觀風裝作沒發現，準備將手指插進去，結果……

「等、等一下。」

樓陀羅開口制止他。

「……我不想等。」

「等……啊！……咦，尤安，等……」

觀風不等他。正確來說是等不了。

觀風將臉埋到樓陀羅的頸邊，盡情嗅著他的汗味並將中指埋進去。因為有香氛油的潤滑，前三分之一的部分沒受到什麼抵抗就很順利地侵入了，可是接下來便感到強烈的壓迫。雖說只有三分之一，但觀風的手指很長。他擔心對方會覺得痛，便停止了動作。

「……樓陀羅？」

樓陀羅連聲音都發不出來，瑟縮著身子。

觀風想要察看他的表情，但他搖著頭不給觀風看。樓陀羅的身體相當僵硬，彷彿在忍耐什麼似的。

說不定他是在忍痛。

看來可能沒辦法繼續下去了——理性重新回到觀風身上。一想到心愛之人正感到痛苦，難以控制的慾火登時消退下來。傷害樓陀羅，是觀風最不想做的事。

但是。

「……啊！……不……！」

當觀風稍微移動手指，準備拔出來時，樓陀羅的反應……他的聲音，並不是在表達疼痛或厭惡。

「樓陀羅……」

觀風輕咬著他的耳朵，並試著緩慢移動手指，結果聽到了嘶啞的嬌聲。樓陀羅的身體依舊很緊張，但那是因為他對初次嘗到的愉悅感到驚訝與猶豫，而非拒絕。

「不會痛吧？」

「……不、會……可是……」

「吐氣，再放鬆一點。」

樓陀羅乖乖照做，嘆息似地吐了一口氣。他的身體稍微放鬆了幾分，觀風的手指感受到的壓迫也減輕了。雖然手指只要又前進一點，就會再度被緊緊夾住，不過那動作反而讓觀風覺得是在勾引他繼續往更深處邁進。

「你……你說的辦法……是用、這裡？」

樓陀羅戰戰兢兢地問，觀風以溫柔的語氣回答「沒錯」。

「……哈……啊！……可是……！」

觀風又埋入一根手指。

樓陀羅的那裡似乎逐漸變得柔軟。他的身體越來越燙，汗水淋漓，散發著甜甜的體味。緩慢移動兩根手指後，也開始聽得到陶醉的嬌喘聲。

看來樓陀羅的身體比想像中還要適合這個行為。

「……嗯、啊……內、部……」

「嗯？」

觀風的目光迎上正想說什麼的樓陀羅。那對紅玉髓之瞳泛著水光，好似要將看著他的觀風迷得神魂顛倒。

「聽說身體的……內部……不能讓別人碰……」

「誰跟你這麼說的？」

「嗯……是大哥說的……」

又是那個男人嗎？觀風頓時有點想要使壞欺負樓陀羅。他略微屈起埋在裡面的手指，樓陀羅便發出快要哭出來的叫聲。

這也讓觀風發現，那裡是令他愉悅的敏感點。

「不要……那樣、啊……！」

「你那位大哥是怎麼說的？」

「……他說有鱗片的人……身體、內部跟一般人不同……嗯……！」

樓陀羅語帶嬌喘、斷斷續續地說明。

背上有鱗片的人，身體內部跟普通人有些不同。那裡若是遭人碰觸，可能會落得迷失自我的下場，所以要當心。除了將來找到的阿瀰達外，絕對不可以讓任何人碰那裡——那位大哥是這麼教導他的。

「……我一直以為……那是指嘴巴裡面……」

原來是這樣，就某個意思來說口內也是身體內部。觀風心想，這裡說的身體內部應該是指黏膜部分吧。撇開口內不算的話，女性還有兩處這樣的部位，男性則有一處。長著鱗片的背部感覺很遲鈍，但藏在裡面的部位卻很敏感……

他們的身上出現了這樣的變化嗎？

不管怎樣，對現在的觀風而言，這是很令他高興的消息。

「你的這裡一定很敏感。」

觀風邊說邊嘗試埋進第三根手指，樓陀羅看似驚詫地眨著眼睛咕噥道：「是這樣嗎……」他已學會如何放鬆身體，儘管喘得胸口起伏，仍順利地接納第三根手指。胸前挺立的小突起十分可愛，以脣吸吮便得到不錯的反應。

簡直就是一具為了讓人疼愛而創造出來的肉體。

不過考量到樓陀羅是第一次，觀風仍花了點時間讓他適應。吐氣聲與喘息聲洩落床榻，觀風想將這一切記在腦海裡。最後，觀風終於覺得自己撐不住了，幾乎同一時間，樓陀羅也對他說「我們交合吧」。

「交合用的……不是手指吧……？」

觀風點頭後，忍著持續高漲的慾望以低啞的嗓音說：「待會兒要是不小心太粗魯，我先跟你說聲抱歉。」樓陀羅仰望著觀風露出微笑。

「不要緊吧……我想，應該會非常……舒服……」

結果就跟樓陀羅預料的一樣。

即使觀風幾乎將他的身體對折，深深地侵入極深之處，他也沒有喊痛。又或者，他可能有一點難受，但得到的快感肯定遠超過難受的感覺。

觀風也同樣得到了不曾體驗過的快感。

之前無論與誰交媾，自己的態度總是有些冷淡平靜，腦子裡都在想完事後要做什麼、要不要讀那本書等等。他從來不曾投入在行為當中。雖然知道「沉迷」這個詞彙，卻不知道那是什麼感覺。

現在他明白了。

自己什麼也無法思考。

思緒拋到九霄雲外，整個人只剩下感覺。

彷彿自己的體內正面臨狂風暴雨。觀風了悟到，自己會變成這樣也是理所當然的。因為此時此刻，他確實身在名為樓陀羅的暴風當中。

與樓陀羅結合的部分實在火熱，而熱度好似從那裡蔓延開來，點燃了身上每一個地方。觀風正擁抱著騎乘翼龍、翱翔於天際的男人。不，是觀風被那個男人擁抱著才對嗎？

不管是誰抱著誰都好。

因為，他們已合而為一。

「……嗯、你……在……」

你在……我的體內。

樓陀羅彷彿發燒囈語一般喃喃地這麼說。

如果以這個姿勢接吻，彼此就能透過兩處黏膜結合在一起。

對樓陀羅而言，那樣的快感或許過於強烈。起初他表現出抗拒的態度，想要推開觀風。然而，他的手臂已使不上多少力氣。觀風的身體紋絲不動，就這樣侵入樓陀羅的口內，輕咬他的舌頭、啜飲他的唾液。

每當觀風這麼做時，埋在樓陀羅體內的他就會受到難以招架的壓迫，帶給他極大的刺激，令他頭腦發麻。不過，觀風想延長這段時光，因此拚了命地忍著。他想要永遠沉浸在這酷烈的甜蜜之中、沉浸在情慾之中。

觀風一改變結合處的角度，他的前端便抵到對樓陀羅而言刺激仍過於強烈的部位。

「啊……啊……！」

樓陀羅搖著頭，丹色的眼裡噙著淚水。但是，觀風並未停下來。不只如此，他還不停地折騰那裡，直到淚水奪眶而出。

樓陀羅終於忍不住尖聲喊著「不要了」。也許是因為受到未知的快感擺布，令他害怕起來。然而觀風不肯放開他。觀風清楚地感覺到，自己的內心住著一頭野獸。

對沒有經驗的樓陀羅來說，這第一次的交合或許太久、太激烈了。

「……嗯、哈……唔……」

樓陀羅的聲音都啞掉了，視線也漸漸渙散。

不過當觀風的手指撫過脣瓣時，他仍會含住指頭輕輕啃咬。觀風在結合狀

態下硬將他抱起來，使得他忍不住發出柔弱的呻吟。接著搖晃比自己還輕的身子，要將他逼上頂點。

觀風自己也同樣氣喘吁吁、喉嚨乾渴，但他仍不停向樓陀羅訴說愛語。

我愛你。

我的阿邇達。

我的翅膀。

我的生命——

而樓陀羅也回應他。

我的阿邇達、我的生命，不許留下我先行死去——他甚至這麼說。聽到這句話的當兒，觀風興起了不想死的念頭，而這恐怕是他懂事以來的第一次。自己若是死了，心愛的阿邇達就會變成孤單一人。那是最令他難受的事。

樓陀羅射精的那一刻，觀風也在甬道的收縮刺激下解放自己。

當下世界好似散發著白晃晃的光芒。

這個瞬間亦稱為「小死亡」。

可是觀風覺得，那感覺似乎跟死亡不同，反而更接近重獲新生。

懷裡的樓陀羅精疲力盡、朦朧恍惚地喃喃說著。

感覺好像一面飛行，一面往下墜去——

評議會室裡吵吵鬧鬧。

有的人站著，有的人抱頭坐著，有的人走來走去……聚集在此的分明都是修行不淺的娑門，可每個人都表露出內心的慌亂。就連看著這幅景象的治癒，也是想盡辦法要讓自己冷靜下來，但實在不容易辦到。

昨天的地震。

以及地震引起的火災。

從昨天到今天早上，他們陸續收到各地的消息，並著手彙整受災狀況。遺憾的是有幾個人在這場地震中喪命。其中有兩人是因為原本就相當脆弱的石牆被震垮，他們不幸被壓在底下。另有一人是在東逃西竄的擁擠人潮中跌倒，頭部重創而死。還有四人是因為太晚發現火災，吸入濃煙而死。

傷患相當多，不過重傷者所占的比例不高。這大部分要歸因於，絕大多數的火災都只是小火災吧。治癒的下屬從昨天就不眠不休地製作燒傷用的軟膏，此刻他們仍在城裡四處奔波、治療傷患。

這次最大的損害，是位在城市中央的鐘樓。

那座負責以鐘聲告知民眾時間、天候，有時亦通知災害的鐘樓燒垮了。

而且理應待在那座鐘樓的——

「賢者消失到哪兒去了！」

大長老顫顫巍巍地責問道。

「聽說他跑去鐘樓，這是真的嗎？」

「是的。」回答大長老的人是基礎。基礎應該是最忙於東奔西跑調查受災狀況的人吧，只見他一副疲憊不堪的模樣，衣服也沾上灰燼與泥土而變得髒兮兮的。

「我的幾名下屬表示，曾看到賢者前往鐘樓，還說他們當時很納悶，為什麼賢者要去位在下風處的鐘樓。此外，愛兒館的孩子……維襄、玳玳、小雪這三人也說，賢者有來找他們。」

「但是找到那幾個孩子的地方，並不是鐘樓附近，而是距離鐘樓很遠的田地吧？此外，他們還說了奇怪的話。」

「是……」基礎點頭道。

他的臉頰上也沾著灰燼。

「孩子們說，是翼龍救了他們……從鐘樓的撞鐘臺，將他們送到安全的田地。」

「荒謬。」

如此斷言的人是秩序。

他是個容貌宛若少女、非常有禮貌的年輕人，但面對擾亂秩序者往往會擺出嚴酷的態度。

兩名面具則站在秩序的背後聽候差遣。

「翼龍？誰會相信那種胡言亂語？」

「可是，他們不是會說謊的孩子。」

「是啊，基礎，確實如此吧。我也沒說孩子撒謊。恐怕是他們為了逃離地震與火災帶來的恐懼，而在腦中編出這種故事。他們是不是曾在繪本之類的地方，看過有翅膀的龍呢？如果牠能來救自己就好了……就是這樣的想法，令孩子們的記憶錯亂。」

「呃，可是啊。」

這次換【萌芽娑門】開口發言。

「最後孩子們確實出現在田地那兒耶。而且昨天，很多人都看到了類似巨鳥的生物在天上飛。這跟孩子們的說法一致。」

「他們看到的是那隻大烏鴉吧。」

「不不不，聽說那隻生物比大黑還要巨大……」

「萌芽娑門啊，恕我直言，你該不會相信世上真有翼龍吧？那可是幻想生物耶？」

秩序有些傻眼地這麼說。「龍並不是幻想生物。」這回換記憶反駁他。

「有紀錄顯示從前的人曾發掘出龍的化石。在奧書庫的……」

「那是指在地上行走的大蜥蜴吧？會飛的龍只是傳說。」

「雖然筆數不多，但確實有類似的紀錄……」

「光有紀錄根本不能證明什麼。假使遙遠的太古時代真有這樣的生物，難道牠會突然復活，跑去救鐘樓上的孩子們？之後又載著賢者飛走嗎？那麼牠到底飛去哪兒了呢？童話國度嗎？」

秩序如連珠炮般一句接著一句，個性本來就很內向的記憶只得閉上嘴巴。

「龍的事不重要。」其中一名長老嘆著氣，用乾啞的聲音說。

「現在的問題是賢者在哪裡。必須盡快將人找出來才行。」

「長老說得對。昨天的初出之儀……那種情況可是前所未聞。不得不說，這實在很不吉利。想必民眾也很不安吧。」

秩序說，昨天的儀式很不吉利。

雖然治癒覺得使用這種字眼的秩序很可惡，卻也無法反駁他。那場慶祝新賢者誕生的初出之儀，確實發展成糟糕的結果。

民眾原本都很開心地接受，這位新上任的俊美賢者。觀風本來就很受民眾信賴，而披上賢者衲袈裟的那副模樣彷彿就是化身為人的神，身為朋友的治癒也與有榮焉。

然而，當這位新賢者搭乘花車在城裡遊行時，卻發生了遭暗箭襲擊的事件。雖然觀風順利解決了這件事，沒想到接下來竟發生地震。而地震又引發了火災，導致城裡最高的鐘樓付之一炬，賢者亦消失無蹤。如果是明晰，他搞不好會大罵「糟透了」。

而那位明晰，目前也尚未在評議會室現身。

這件事同樣令治癒憂心忡忡。

因為明晰不在的話，秩序的存在感就會增強。擁有天職的娑門並無上下之分，但當眾人聚集在一起時仍需要有人主導場面。而這個人是誰，理應也會影響到評議會的結論。

「我手下的面具們，已將搜索範圍擴大到整個城市，以及郊外的村莊。我也祈禱他們不久就能找到賢者……但是。」

秩序略微垂下目光，裝出沉痛的表情。

是的，治癒覺得那副表情是裝出來的。今天秩序身上的氣場，複雜得難以形容。興奮、不安、愉悅、自虐……實在太過複雜，治癒無法分析與辨別。不管怎樣，他能從氣場看出來的事實，就是秩序的精神狀態很不尋常。

「但是……如果很遺憾的，最後仍然沒找到人，或許就不得不考慮，賢者與城裡的鐘樓面臨相同命運的可能性……」

這句話可不能聽聽就算了。之前都坐在位子上的治癒站了起來。

「所以你的意思是，賢者死了嗎？」

「天哪，太可怕了。治癒啊，請你別說出那樣的話。」

見秩序這般裝傻，治癒也卯足全力擠出笑容回答：「哎呀，秩序真是善良。」

秩序討厭觀風是很顯而易見的事實，假使觀風真的死了，他應該也不痛不癢。

「賢者一定還活著，秩序我如此堅信。」

「是啊，因為鐘樓那兒並未發現焦屍嘛。」

「正是如此。而且，光榮的賢者，怎麼會在初出之儀當天離開人世呢？既然是受如來守護的賢者，相信他一定還活著才對。」

治癒直盯著，有如唱歌一般流利地這麼說的秩序。這句話簡直就是在暗示……如果觀風死了，就代表他並未受到如來的庇佑，不足以勝任賢者。秩序等於是在侮蔑自己的好友，治癒怒不可遏，氣到想不出話來回敬他。現場氣氛變得劍拔弩張，其他的娑門也都露出不知所措的表情。

咳！大長老乾咳一聲。

「總之，要繼續尋找賢者的下落。不光是秩序，諸位也要派下屬搜索。」

「長老，保險起見，不如將搜索範圍擴大到森林邊界吧。」

秩序先是這麼說，隨後話裡有話地再強調一次「真的只是保險起見」。

「因為賢者似乎對之前那個非者抱持特殊的感情……他也有可能跑去見那個非者……」

聽到這番言論，眾娑門頓時鼓譟起來。怎麼可能，賢者不是那種人。但他之前確實對非者很執著。怎麼會有這種賢者……眾人議論紛紛。

「這是近幾十年來不曾發生過的大地震，因此賢者不是沒有可能擔心森林出現災害……此外他也可能想要確定那個非者是否平安……當然，我想賢者並不是漠視阿迦奢的人民……不過，阿迦奢還有我們在，而賢者信賴我們，所以他才會親自前往森林……」

這時，有個人打斷了秩序的話——

「他根本沒去森林。」

是明晰。

他粗魯地開門，以姑且做個樣子的態度向眾人合掌，然後大剌剌地走進評議會室裡。

這男人平常的言行舉止本就與優雅相距甚遠，今天更是顯得敷衍隨便。不過看到他終於現身，還是讓治癒放下心來。

「賢者根本沒去森林。秩序，我的同胞啊，擅自捏造事實是很不可取的呢。」

從秩序的角度來看無疑是天敵登場，看得出來他很努力維持自己的表情。

明晰重重地坐在治癒的旁邊，然後嘆了一大口氣。平時就不怎麼整齊的頭髮變得更加蓬亂，身上的娑門服跟基礎一樣……不，比基礎還髒，臉上有著很深的黑眼圈，不難看出他從昨天就不眠不休地奔波，直到剛剛才回到這裡吧。

「那麼——擁有天職的諸位娑門，不好意思，我實在太累了，請容我坐著說明。我再強調一次，我們的賢者並未前往森林。如各位所知，昨天發生地震時，賢者與本人明晰一起坐在花車上。之後為了從高處察看城裡的狀況，我便前往位在東北方的穀物倉庫。因為鐘樓雖是城裡最高的建築物，但以風向來看那裡很危險。這點賢者也很清楚。臨別之際，我請賢者返回位在珂璉之崗上的這座石塔，而且還派護衛跟著他。」

疲憊表露無遺的明晰這般陳述道。

雖然講起話來有氣無力，這男人的聲音仍清楚地迴蕩在評議會室，伴隨著絕妙的壓力撼動著鼓膜。即便是對明晰沒好感的人，應該也會產生不能不聽的念頭。

「但是，聽說賢者並未前往這座石塔。因為他見到了一個男人，對方告訴他……愛兒館的保母託自己傳話。」

「傳話？」

治癒忍不住出聲問道，明晰對他點頭說「沒錯」，接著掃視所有人。

「愛兒館的孩子們跑去鐘樓了。孩子們說賢者應該會在那裡，保母覺得危險而阻止他們，但孩子們不聽勸，擅自跑掉了——這就是男人轉達的內容。」

「……明晰啊，我不明白。」

長老娑門提出疑問。

「為什麼那些孩子要說，賢者會在鐘樓？」

「因為高處比較方便觀測風象……好像是這麼說的，但是長老，孩子們說什麼其實根本不重要。因為轉達的內容是假的。」

「假的？」

「內容根本是胡說八道。另外，有人對那些孩子說，賢者大人在鐘樓等他們。雙方都接收到虛假的訊息，換言之這是某人策劃的陰謀……唉，要查證這件事可不容易。關於接觸孩子們的那個人是誰，很遺憾目前並未找到線索。不過，轉達給賢者的訊息有另一個人聽到了，就是當時也在場的護衛。然而，這名護衛在回報賢者已前往這座塔後就消失了蹤影。我到處找他呢……結果原來是因為，他擔心獨居的母親，所以回到了距離相當遠的村莊。今天早上我終於見到他，他很擔心賢者，並表示隨時都可以出面作證。」

「也就是說，策劃這件事的人……無論如何都想誘使賢者前去鐘樓吧？」

「誠如您所推測。因為只要利用可愛的孩子，我們的賢者就會不顧危險親自前往那裡。等他爬上鐘樓、無處可逃後，就放火燒了鐘樓。」

明晰這席話，令評議會室的氣氛頓時凍結。

之前每個人都認定，鐘樓燒起來的原因是地震引發的火災。不消說，直到這一刻為止，治癒也是這麼以為。畢竟鐘樓周圍的建築物確實也燒毀了好幾棟，他才會以為一定是從那裡延燒過去的……

「這件事需要請基礎去現場勘驗，不過很難想像鐘樓是遭到火星波及。雖然周圍有民宅起火，但那棟民宅的火是往另一個方向延燒。此外，就算真有火星飛散過去好了，鐘樓的底座是以石材堆砌而成，高度也不低，我認為即使火星散落在那兒也不會造成延燒，更不會燒到木造部分。」

「……明、明晰啊，你說出了不得了的話啊。你的意思是有人放火燒鐘樓，企圖致賢者於死嗎……？」

「很遺憾，事實就是如此呢。而且不只是賢者，那個人連孩子們都捲進去。」

「居然有人做出這等暴力舉動……！」

「坦白說我也很驚訝，沒想到真有人會做到這種地步……當然，現階段還不清楚那個人是誰，不過確實有人策劃這樣的陰謀，使孩子們與賢者的生命受到威脅。」

「孩、孩子們得救了……」

「我知道。是翼龍與牠的騎士救了那些孩子。」

「翼龍！怎麼連身為明晰娑門的你都說出這種胡話！」

「恕我直言，長老啊，這是事實。雖然當時天空濃煙密布看不清楚，而且也沒人會接近正在燃燒的鐘樓附近，不過應該仍有相當多的人看見……看起來像鳥的、極大的影子。」

明晰斬釘截鐵地這麼說後，四處都能聽到「其實我也看到了。」、「看起來像是非常大隻的鳥……」、「我還以為是自己看錯……」等娑門的竊竊私語聲。看來目擊者不只城裡的民眾。

治癒偷偷瞥向秩序，只見平時就很白皙的皮膚失去血色，變得更加蒼白。是什麼原因使他的臉色如此蒼白呢？待會兒得跟明晰好好談一談。當時，引導民眾遠離鐘樓到別處避難的人……也有可能是面具他們。

「當時是由兩隻翼龍，將三個孩子送到安全的地方。」

明晰繼續冷靜地陳述令人難以置信的事實。

「賢者當然是先讓孩子們離開。不過，因為重量的問題，那兩隻翼龍似乎本來就沒辦法載運大人。」

「那麼……你的意思是賢者被留下來了嗎？」

「長老啊，在回答這個問題之前，我先請教您一個問題。為什麼之前從來沒人見過、本該只存在於故事中的……長久以來都匿影藏形的翼龍會突然出現，救走孩子們呢？」

「……這……這個嘛……」

長老很努力地嘗試擠出答案吧，他絞盡腦汁思考，本來就很深的皺紋變得更深了，然而最後給出的答覆卻是「我完全想不通……」。

恐怕在場所有人都是如此吧。就連治癒也一樣，直到現在他仍不敢相信是翼龍救了孩子們，甚至不禁想要猜疑，明晰是不是有什麼盤算，才會捏造那種離譜的故事呢……

然而並非如此。

此時此刻，明晰是在陳述事實。

這位與治癒一同度過漫長歲月的朋友，眼神是前所未見的認真。

「因為有人騎著翼龍，操縱牠們。」

「什……」

「請聽我把話說完。」

長老甫一開口，明晰便語氣強硬地打斷他，然後繼續說下去。

「他們是天空之民。」

眾娑門皆是一副呆若木雞的表情。

「天空之民就住在我們稱為半分山的那座山上。他們擁有與翼龍交友的才能，夏季在山上度過，冬季則下山到森林裡避寒……聽說他們跟一部分的森林之民也有交流。」

「跟森林……跟非者？」

某處傳來這句疑問，明晰聽了便很明顯地嘆一口氣。

「非者——非人者。這個稱呼就別再用了吧。他們或許是罪人的子孫，但不是罪人。即便曾是罪人，他們也是人。跟我們一樣，都是活在這世上的人。言歸正傳，剛才秩序提到的、賢者很執著的那位年輕人，他並非森林之民。其實……」

「啊！他正是天空之民！」

治癒忍不住大喊。

明晰當即看著治癒，擺出一張臭臉說：「你幹麼先講出來啦？」看來這是他很期待的臺詞。治癒隨即以脣語向他道歉。

「沒錯，正如我的舊友——治癒所推測的那樣，他是天空之民。發生地震後，他看到阿迦奢的城市在冒煙，便騎著翼龍趕過來。之後發現困在鐘樓上的那些孩子，解救了他們。對阿迦奢而言，孩子是最重要的寶貝——我們應該要深深地感謝他們吧。」

長老一臉愕怔，虛脫無力地躺靠在椅背上。

至於其他的娑門，有的人目瞪口呆，有的人感到困惑，有的人似笑非笑，有的人表情嚴肅……反應各有不同，不過有一點是相同的，就是眾人皆抱持「實在無法置信」的態度。

明晰沒必要說謊，而且也有人看到巨大的鳥影，但大家還是很難相信這件事。

天空之民？騎著翼龍飛行？

而且還像故事中的英雄那樣，從空中拯救了孩子們……？

治癒也是一方面相信明晰說的話，可另一方面又覺得聽起來太像故事，沒有真實感。

「可笑，這簡直就是童話故事。」

語帶嘲諷這麼說的人是秩序。有幾名娑門點頭贊同……不，約有半數的人都同意秩序的看法。

「……明晰。」

治癒呼喚朋友。

明晰默默無語地將視線移到治癒身上，似乎在等他提問。

「假使……真的有翼龍，而且還救了孩子們……身材高大的賢者……仍會因為太重，無法給翼龍載著飛上天空吧……？」

剛才，明晰是這麼說的。

「對，如果是救了孩子們的翼龍，確實載不動他。」

明晰以冷靜的聲調回答，令治癒很沮喪。

既然如此，賢者後來怎麼樣了？

那位講話語氣平淡，但本性善良富有愛心的舊友……為了孩子們而趕到鐘樓的觀風……最後到底怎麼樣了……

治癒深深地低著頭，評議會室亦鴉雀無聲。

眾人多半都在想同一件事吧。發生地震與火災後已過了整整一天，然而他們還是沒找到賢者。賢者也沒主動現身。

這代表什麼意思呢？不安帶著現實感，沉甸甸地壓在治癒的心上。

仍舊低頭面向下方的治癒，突然聽到了某個聲音。

……啼叫聲？

是大黑？不對，聽起來好像跟大黑的叫聲不同……

咔、咔……吭……

又聽到了。那聲音似乎越來越近。

治癒抬頭看著明晰，發現他一直注視著窗戶。評議會室的窗戶很大。今天的阿迦耆是晴天，形如棉花的雪白積雲於空中悠然飄動。

啼叫聲，以及振翅聲。

這兩種聲音都朝著這裡逼近。

聲音越來越大，大到令人難以置信。至於剎那間看見的那道身影……

治癒驚訝到無法眨眼。

他說不出話來，起身靠近窗邊。

「因為牠們太小隻了。」

明晰也站在治癒的後面，注視窗外。

「因為那兩隻翼龍太小了。如果要載少頭領和尤安，就得騎最大隻的翼龍才行。」

他使用賢者的真名，接著這麼說道。

娑門頓時吵鬧起來，大家一窩蜂地跑出評議會室——為了親眼確認，那個進逼而來、像極了巨鳥的神祕之物。

長老們也在年輕娑門的攙扶下，搖搖晃晃地來到石塔前面的廣場。

這裡是珂璉之崗上，最高的地方。

沒有任何東西遮蔽娑門的視野。

大家都睜大雙眼仰望著天空。

由於實在太過吃驚，眾人把雙手舉到半高不低的位置後，就這麼僵立在原地。

巨大的身影從眾人的頭頂上通過。

接著逐漸降低高度。

毫無疑問的，他們看到了有翼之龍的腹部；看到了發光的鱗片。

世上真有如此巨大的生物嗎？

而且牠還在天上飛？

此刻分明親眼目睹牠的模樣，卻還是難以置信，治癒甚至差點忘了呼吸。

「牠是奇羅那。」

之後才慢條斯理地走出來的明晰，站在治癒的旁邊這麼說。

「翼龍的名字叫做奇羅那。第一次見到牠時，我也驚訝到下巴差點掉下來。」

真的很震撼。

那的確是一幅會讓人吃驚到張大嘴巴的光景。

翼龍悠然繞著如來之塔，接著提升高度飛到稍遠處。

然後又拐個彎改變路線，這回朝著娑門所在的地方飛來。娑門則各個驚慌失措，發出或無聲或有聲的尖叫。有的人後退，有的人逃跑，腿軟而癱坐在地上的人也不少。

翅膀颳起的風，吹亂了眾人的頭髮與衣襬。

治癒的黑髮也被吹得凌亂不堪，但他沒有多餘的心思去整理。

翼龍靈巧地運用翅膀，降落在與娑門他們相隔一段距離的位置。由於珂璉之崗是個開闊的地方，牠才能夠降落，若換作位於山麓的城市，應該就沒有能讓這隻翼龍著陸的地方了。

翼龍發出了一聲「吭——嗯」。

牠是在威嚇，還是在打招呼呢……

雖然完全不明白牠的意思，不過可以確定的是牠的氣勢實在太強了。又有一名娑門嚇到直不起腰，一屁股跌坐在地上。

銀白色的身軀、細長的脖子、巨大的黃色嘴巴……頭部有雞冠狀的突起。

牠靈活地屈著強壯的腳，壓低身體。

為了讓乘坐在上面的人——尤安，以及樓陀羅——下來地面。

「居……居然……居然會有這種事……」

大長老娑門搖搖晃晃地走出去。那雙瞪大的眼睛充血而變紅。

「賢者……騎著翼龍回來了……！」

他以激動的聲調邊說邊往前走。

然而腳步蹣跚不穩，尚未走到賢者的面前就跌倒了。

賢者見狀主動走了過去，執起大長老的手扶他起來。賢者還幫他撥掉沾在膝蓋上的草，然後直視那雙埋在皺紋裡的眼睛，向他點了個頭。大長老感動至極，發出「喔喔、喔喔」的感嘆聲。

賢者又往前走了幾步。

然後環視愣在原地的諸位娑門。

臉上掛著一如往常、難以看出情緒、有點冷漠的表情。

不過治癒知道，這位賢者已有了改變。而改變的程度，或許比治癒原先所想的還要大上許多。

一想到這兒，心跳就變得越來越快。

治癒忍不住按住自己的胸口。興奮與不安交織在一塊，心臟似乎就快跳了出來。

視線與賢者交會。

有那麼一瞬間，賢者看似歉疚地瞇起眼睛，這讓治癒感覺到他還是以往那位朋友。他很清楚自己害治癒擔心了。明晰似乎早已掌握情況，待會兒再找他問個明白吧。

「阿迦奢的諸位娑門、我的道友們啊。」

賢者開口道。

他的聲音升向蔚藍的高空。

眾娑門皆一副回過神來的樣子立刻端正姿勢，向他合掌。賢者也靜靜地合掌回禮。接著——

「我來為各位介紹。他正是天空之民——岩山的少頭領，以及他的翼龍。是他從即將燒垮的鐘樓解救了我。」

賢者伸出右手，介紹樓陀羅與奇羅那。

今天樓陀羅穿著深藍色的衣服，編成細辮的黑髮上裝飾著珠子，在陽光的映照下閃動著燦爛的光輝，看上去格外地高雅俊美。簡直就是迦樓羅的使者。

樓陀羅擺著一張冷臉看著眾娑門，不過發現治癒的身影時他立即露齒一笑。這孩子不僅強悍又美麗，還具備了讓人難以招架的可愛，怪不得自己那位不苟言笑的朋友會被他奪走了心。

「我以賢者的身分在此宣布，我們要與他們建立新的友誼。」

賢者以堅定不移的口吻如此宣告，無人提出異議。

儘管如此，現場還是有人感到震驚或不安。尤其秩序的臉色都變了。他一副很想大罵「不准擅作主張」的表情，但充滿壓倒性存在感的翼龍就在面前，最終只能緘舌閉口。

「除此之外，我要以獲得智慧的賢者身分再宣布一件事。我們的土地阿迦奢，長久以來始終回避變化。然而，水不流則腐敗發臭，風不吹則雨雲不動。切莫以為現在的平穩會永遠持續下去。這個世上，沒有一樣東西能保證永遠存在。」

賢者直視眾娑門的眼睛說道。

「變革的時刻到了。」

咔、咔咔咔……！

翼龍震動喉嚨深處，發出獨特的聲音。

彷彿是在催促眾人「仔細聽好」。

此外牠還在原地啪沙啪沙地扇動翅膀，颳來的風再度捲起眾娑門的頭髮、吹得衣襬亂飄。

難道有什麼東西使牠情緒亢奮嗎？

樓陀羅摸了摸翼龍的嘴，牠才發出比剛才低的聲音，再度收起翅膀安靜下來。

「諸位娑門、守護阿迦奢的道友啊——希望你們做好心理準備。」

後記

非常感謝各位購買這本拙作。

我是很久沒推出ＢＬ小說新作，也很久沒寫後記的榎田尤利。

最近幾年社會有了很大的轉變，本作品也不只出版紙本書，還透過各種裝置送到各位的手上。無論採取何種形式，只要能讓各位樂在故事中我就很榮幸了，畢竟是相隔六年之久的全新作品，此刻的我有些不安與期待。

不過，執筆的時候我不禁這麼覺得……果然還是ＢＬ最棒了……

俗話說江山易改，秉性難移，直到現在我仍舊對男女之間的愛情沒什麼興趣，也依舊深深著迷於男男之間的關係。大概這輩子都會是如此吧，我自己也完全不介意，反而感到非常幸福。

言歸正傳，這次的作品是分量十足的奇幻ＢＬ。

之前我就有過「好想寫有龍飛來飛去的世界觀……」這種念頭，但一直苦無好機會實現，這次終於能寫翼龍了……！實在太令人開心了……！

我卯起來調查恐龍的資料，然而卻沒找到多少有關翼龍的資訊，所以最後並未決定原型，幾乎是憑想像來設定這隻飛天龍。以印象來說比較偏向西方的龍，而不是東方的龍。

而且這隻翼龍，還載著俊美的青年翱翔天際。

飛在天上的不能是攻，必須是受才行……！（堅持）

描寫強悍、自尊心高、自由自在的瑪德蓮時心情十分清爽。因為觀風屬於相當抑鬱的類型，描寫兩人的反差也很有意思。我認為無論哪種作品，登場人物的變化與成長都是一種引人入勝的妙趣，就這點來說觀風的改變也非常值得一寫。人不管長到幾歲都還是有辦法改變呢……順帶一提，本作應該是我的作品當中，情侶年齡差距最大的作品。

設定阿迦奢這個地方的世界觀，同樣是一項非常有趣的作業，而且因為太有趣了，配角人數也隨之變多。結果作品的字數超出預期太多，最後就變成一本採上下兩段式排版的書了。若以一本約兩百頁的文庫本來換算，則相當於兩集的分量，因此我一直很擔心會不會太長了啊……要不要緊啊……實在是坐立難安。只能祈禱各位能夠接受與喜歡阿迦奢的世界。

眾配角當中，最好寫的就是明晰了。坦白說，他比觀風好寫多了……而且又很愛說話。還有小小……設定小小的毛色時我很猶豫不決。畢竟三花、茶色虎斑和鯖魚虎斑我都喜歡，但既然牠原本住在森林裡，選擇能做為保護色的玳瑁花色比較妥當……結果，最後選擇的是白色。因為我希望小小像大福一樣，給人白蓬蓬、軟綿綿的感覺。另外，白色也比較適合襯托美男嘛……！

這次請到文善やよひ老師，以其優美的畫風呈現故事中的美男，以及我所建構的世界觀。事前我滿懷私心向責編請求「無論如何都想看到奇羅那展翼飛翔的場景，而且要以跨頁呈現」，最後收到了超乎想像的精美插圖。由衷感謝文善老師。

對了，相信有些讀者也曉得，我還有另一個筆名叫做「榎田ユウリ」，而這個身分撰寫的是非BL的作品。

當初會使用兩種筆名，是因為有些讀者不曉得BL為「以男男之間的愛情為主題、含有許多性愛描寫的作品」，為了避免他們不小心購買到BL作品而不知所措，我才嘗試分別使用不同的筆名推出作品。後來，我還以「ユウリ」這個筆名出版了能給小學高年級生這個年齡層閱讀的系列作品。能讓各個年齡層的讀者閱讀自己的作品，真的是很值得感激的事。

之前曾有一位支持BL拙作多年的媽媽讀者寫信告訴我：「女兒目前都在看榎田ユウリ的作品，我想是時候也該讓她讀讀榎田尤利的作品了。」這件事讓我非常開心。若能不過度掩藏以性愛為主題的虛構作品，反而利用這類作品，與孩子適當談論「現實與虛構的不同」，這或許也是一種理想的關係。

此外也曾有女性讀者寫信告訴我：「我鼓起勇氣，嘗試把尤利的作品借給媽媽看了……」這讓我深刻感受到，BL世界已變得相當開放了呢。大約二十年前我剛出道的時候，認為BL是「必須遮遮掩掩的嗜好」這種社會氛圍還很濃，感覺上那是專屬於女性的世界，而且有種獨特的壓抑感。

反觀現在不只女性，愛看BL作品的男性也不再少見。無論女性或男性、不管是疑性戀者還是非二元性別者，總之無論是什麼樣的讀者，希望大家都能盡情享受BL的世界。但願社會能變得更加友善與包容，不光是BL，任何自己喜歡的事物都能不遭受惡意的偏見。身為一名作家的我如此期盼。

那麼，我們就在其他作品中再會吧。

願各位都能迎來順風，幸運之龍翩然降臨在身邊。

二〇二二年　梅雨前夕　榎田尤利　敬上

藍月小說系列

賢者與瑪德蓮㊦

（原著：賢者とマドレーヌ）

作　　者／榎田尤利
繪　　者／文善やよひ
譯　　者／王美娟
執 行 長／陳君平
榮譽發行人／黃鎮隆

出　　版／城邦文化事業股份有限公司 尖端出版
台北市中山區民生東路 2 段 141 號 10 樓
電話：(02) 2500-7600
傳真：(02) 2500-2683
E-mail：7novels@mail2.spp.com.tw
發　　行／英屬蓋曼群島商家庭傳媒股份有限公司城邦分公司 尖端出版
台北市中山區民生東路 2 段 141 號 10 樓
電話：(02) 2500-7600（代表號）
傳真：(02) 2500-1979
中彰投以北經銷／楨彥有限公司（含宜花東）
電話：(02) 8919-3369　傳真：(02) 8914-5524
雲嘉以南／智豐圖書有限公司
（嘉義公司）電話：(05) 233-3852　傳真：(05) 233-3863
（高雄公司）電話：(07) 373-0079　傳真：(07) 373-0087
一代匯集／香港九龍旺角塘尾道 64 號龍駒企業大廈 10 樓 B&D 室
電話：(852) 2783-8102　傳真：(852) 2582-1529
E-mail：hkcite@biznetvigator.com
新馬經銷／城邦（馬新）出版集團 Cite (M) Sdn. Bhd.
E-mail：cite@cite.com.my
法律顧問／王子文律師　元禾法律事務所
台北市羅斯福路 3 段 317 號 15 樓

2023 年 10 月 1 版 1 刷

郵購注意事項：
1.填妥劃撥單資料：帳號：50003021戶名：英屬蓋曼群島商家庭傳媒(股)公司城邦分公司。2.通信欄內註明訂購書名與冊數。3.劃撥金額低於500元，請加附掛號郵資50元。如劃撥日起 10～14日，仍未收到書時，請洽劃撥組。劃撥專線TEL：(03)312-4212 ・ FAX：(03)322-4621。E-mail：marketing@spp.com.tw

國家圖書館出版品預行編目資料

賢者與瑪德蓮 / 榎田尤利作；王美娟譯. -- 1版. --
臺北市：城邦文化事業股份有限公司尖端出版：英屬蓋曼群島商家庭傳媒股份有限公司城邦分公司尖端出版發行, 2023.10

冊；　公分

譯自：**賢者とマドレーヌ**

ISBN 978-626-377-013-3（下冊：平裝）

861.57　　112011914